Die Physiker

Friedrich Dürrenmatt

Die Physiker

EINE KOMÖDIE IN ZWEI AKTEN

EDITED BY

ROBERT E. HELBLING

UNIVERSITY OF UTAH

New York Oxford University Press 1965

Library of Congress Catalogue Card Number: 65-15613

28 29 30 31 32 33 34

Printed in the United States of America

Für Therese Giehse

Contents

Illustrations

We wish to thank Miss Hildegard Steinmetz for giving us permission to reproduce the photographs, listed above, of the *Münchner Kammerspiele* production of *Die Physiker* in 1962.

Introduction

I THE "MORALITY PLAY" AND CONTEMPORARY SWISS DRAMATISTS

Among contemporary writers of German the two Swiss dramatists, Friedrich Dürrenmatt and Max Frisch, have evoked worldwide interest. Perhaps it is not coincidental that two of the best-known exponents of current German drama should be Swiss. To a certain extent, German writers still labor under the burden of their country's recent past. The Swiss, however, spared by the holocaust of 1933-45, could devote their attention to the problems of the world in a more cosmic perspective. They had emerged unscarred—although a little leaner—from the conflict and yet never felt quite easy in their favored position. To them the atrocious destructiveness of a supposedly enlightened race of men could not be explained away as the madhouse antics of a few megalomaniacs. Rather the plight of the modern world should be ascribed to man's failure everywhere—including Switzerland—to face his individual responsibility. The two Swiss seem convinced that, paradoxically, in a mass society which can no longer be changed by a single individual but only by mass-movements, personal responsibility is all the more consequential. Great masses must be moved by great forces. Their argument derives further validity—and an infinite number of dramatic possibilities as well—from the insight that, in the skeptical perspective of the twentieth century, man's world appears above all as man-made. Hence what man makes of his world is essentially his own responsibility. Yet, both Dürrenmatt and Frisch realize that the chaos of recent history has instilled in modern man a pronounced distrust of grandiloquent phrases and dogmatic preachments about human destiny. Facile panaceas for the ills of our world are likely to fall upon deaf ears. The modern dramatist must, therefore, find provocative metaphors which can fittingly express the predicaments of this world and yet eschew the easy certainties of dogma. Dürrenmatt and Frisch—like Brecht before them—can be brash and abrasive in their attacks upon the smug self-satisfactions of a modern society basking in material bliss and scientific success. Yet, they are not enslaved completely by a thesis. They do not sermonize or pontificate; they only sound the alarm bell, although its ring may often be strident and annoying to the ear of the theatergoer who wants to be simply entertained. In this sense they are "moralizers," writing a highly sophisticated genre of morality play which is sustained by a strong undercurrent of satire and given a great variety of forms by their fervid imagination.

Dürrenmatt, especially, has found an astounding number of lively dramatic metaphors for his basic concerns which always remain those of a moralist. While focusing on a few central themes, his drama avoids the Procrustean bed of any particular theatrical dogma. Thus his hallmark is a multiplicity of styles. His dramas span a wide scale of structures, techniques, and devices, from the open, loosely connected series of historic scenes of his first play, *Es steht geschrieben,* to the closed "Aristotelian" form of *Die Physiker*. However, in contradistinction to some plays of Bertolt Brecht and certain practices of the "theater of the absurd," in all the Dürrenmatt plays there is a relatively tightly knit plot whose ingenuity approaches that of a detective novel. This is most obvious in *Die Physiker.*

Despite the protean form of his drama, Dürrenmatt has strong convictions about the playwright's task in the modern world. As an erstwhile theater critic he is given to reflections on his craft which are invaluable to an understanding of his dramaturgy and *Weltanschauung*. A short look at some of Dürrenmatt's critical disquisitions may prove helpful in gaining a better perspective on *Die Physiker*.

II DÜRRENMATT'S DRAMATURGY

The Role of the "Einfall"

Dürrenmatt rebuffs those critics who rush to find some patented classification for his works by dubbing him Existentialist, Nihilist, Expressionist, Surrealist, Brechtian, and the like:

> [Ich möchte] bitten, in mir nicht einen Vertreter einer bestimmten dramatischen Richtung, einer bestimmten dramatischen Technik zu erblicken, oder gar zu glauben, ich stehe als ein Handlungsreisender irgendeiner der auf den heutigen Theatern gängigen Weltanschauungen vor der Tür, sei es als Existentialist, sei es als Nihilist, als Expressionist oder als Ironiker, oder wie nun auch immer das in die Kompottgläser der Literaturkritik Eingemachte etikettiert ist.[1]

The stage to him is essentially a medium whose inherent artistic possibilities he sets out to explore. In this sense his plays are "experimental." He is loath to reduce the drama to a mere visual aid for a particular *Weltanschauung.* Yet most of his *dramatis personae* are of a highly reflective type, acutely aware of the problems that beset them—though only a few may find the courage to face these problems squarely. They are not swayed by mere desires and passions or caught up in the mists of private inner worlds that can only be evoked by ominous silence, symbolic gesture, or incoherent babbling. What is more, their "ideas" are not just a species of psychologically interesting rationalization for their personal failings, nor are they simply fictive material drawn at random from the intellectual sphere. These ideas serve, of course, as dramatic motivation. But they must also be taken seriously on the level of thought—although, quite often, they appear in grotesque distortion or parody and can be only inferred.

The starting point for his plays is what Dürrenmatt calls an *Einfall.* While there is no exact English equivalent for the German term, it could be translated as "invention," but even this approximation should be understood in its original Latin meaning: *invenire,* "to come on" or, more freely, "to stumble on" something. Dürrenmatt's *Einfälle* may relate simply to the dramatic possibilities concealed in an unusual locale, or a strange concatenation of events, or they may be inspired by the un-

1 Friedrich Dürrenmatt, *Theaterprobleme* (Zurich: Verlag der Arche, 1963), p. 8: I beg you not to see in me a representative of a certain dramatic tendency or technique, nor to believe that I am peddling any of the ideologies in vogue on the contemporary stage, be it in the guise of Existentialist, Nihilist, Expressionist, Satirist, or whatever labels literary criticism has found for the preserves contained in its glass jars.

expected satiric humor derived from the juxtaposition of apparently unconnected objects and actions. In his repeated insistence on the *Einfall*—rather than on a well-defined mood or idea—as a trigger for his dramatic action, Dürrenmatt may be indulging in some ironic mystification of his audience. Yet the sympathetic critic would certainly concede that, at the outset, Dürrenmatt's *Einfälle* may be ideologically quite undefined, i.e. they are most likely prompted by the author's acute sensitivity for the potential drama surrounding a "situation" or enshrined in a "place."[2] What is unusual in Dürrenmatt's case is the fact that *Einfälle* are not exploited merely for the sake of poetic playfulness—as may be the case in some of Cocteau's surrealistic dramas—but that they give rise to "morality plays" replete with ideological matter. Although his dramas start from *Einfälle,* the thinker in Dürrenmatt does not take a back seat to the imaginative poet and the skillful contriver of ingenious plots. Provocative ideas burst forth in the pungent dialogues of his often grotesque characters to produce a play of wide ideological scope and disturbing depth.

The "Mathematical" Play: A Parable

Dürrenmatt's defense of the *Einfall* as a valid starting point for drama is not based on mere whim or facile indulgence in artistic eccentricity. On the contrary, he is deeply committed to the artistic conviction that the "reality" or "essence" of the complex world we live in cannot be directly known. It can only be intuited through its "metamorphoses." The dramatist who pretends to reproduce on the stage the world "as it is" deludes himself. His "representation" of the world is at best a dramatization of a "theory" or "hypothesis" about that world. Hence Dürrenmatt's summary rejection of a drama steeped in sociological or psychological assumptions about man, supposedly endowed with the same kind of "truth" or "reality" that one can predicate of the laws established by natural science on the basis of empirical observation. Dürrenmatt prefers to compare his drama

2 Dürrenmatt had at one time planned to be a painter and graphic artist, an occupation for which he showed considerable talent. After having decided on the hazardous profession of a creative writer, he eked out a living for a number of years as an author of detective novels. The searching eye of the painter and the inventiveness of the "mystery" writer can still be felt in his dramatic *Einfälle.*

to a mathematical model or structure which is governed by its own internal logic—in this sense a world unto itself—and yet may describe a good deal in the world of phenomena:

> Die Dramatik wird nicht mehr „naturwissenschaftlich" bestimmt sondern „mathematisch". Dies wird deutlich, wenn man sich erinnert, daß es mathematische Untersuchungen gibt über die „Eigenschaften unendlicher, lediglich begrifflich konzipierter und womöglich überhaupt nur hypothetisch in Betracht gezogener Strukturen."[3]

Thus his dramatic art consists primarily in the "invention" or "thinking up" of "possible worlds" rather than in a supposedly faithful representation of the world. Yet his dramatic or "mathematical" models are not set in an empirical void. They have some parallels in the world of human experience. But it is incumbent upon the reader or spectator to establish these correlations himself:

> Das Publikum stellt eigentlich die Verbindung zwischen Theater und Wirklichkeit her, findet seine Welt in der [dramatischen] . . . Alles Moralische, Didaktische muß in der Dramatik unbeabsichtigt geschehen, nur dem kann ich eine Antwort auf seine Fragen geben, der diese Antwort selber findet, nur dem Trost, der selber mutig ist: das ist die grausame menschliche Begrenztheit der Kunst.[4]

3 Friedrich Dürrenmatt, "Standortbestimmung," *Frank der Fünfte* (Zurich: Verlag der Arche, 1960), pp. 89, 90: Dramaturgy is no longer modeled after the natural sciences but rather after mathematics. This becomes evident if one recalls that mathematics can investigate the "properties of infinite structures which are purely conceptual and perhaps only hypothetical."

4 Horst Bienek, "Dürrenmatt," *Werkstattgespräche mit Schriftstellern* (Munich: Carl Hanser Verlag, 1962), p. 107 [Direct interview with Dürrenmatt]:
In truth, the audience establishes the connection between the theater and reality and thus recognizes in the drama its own world. All that is moralizing, didactic in drama must be unintentional. I can only give answers to the queries of those who are willing to find these answers themselves, solace only to him who is himself courageous: these are the cruel limitations of art.

In this respect Dürrenmatt's dramas are parables, not of the biblical variety, but closer to "fantasies," as Dostoevsky's Alyosha calls the parable of the Grand Inquisitor when his brother Ivan tells it to him. The story of the resurrected Christ, apprehended, ridiculed, and nearly burned at the stake by the Inquisitor, has so many facets that even the simplest symbolic gesture has ceased to function unequivocally. Dürrenmatt's parables also originate in a religious type of meditation on a world which, to man's limited vision, appears as an impenetrable chaos. And the dramatic models which he invents of that world are far from unambiguous in their deepest meaning. When seen against the backdrop of the traditional Western beliefs in some cosmic order or Divine Providence, the modern world seems particularly out of focus, a distortion of what it was meant to be. Dürrenmatt calls it an *Ungestalt*[5]—an amorphous entity—whose problematic "reality" can only be approximated in grotesqueries and satiric parody. Hieronymus Bosch's grotesque, apocalyptic visions of a world askew at an earlier crisis-stage serve the painter in Dürrenmatt as an historic reference.

The Grotesque and its "Alienation" Effects

Paradoxically, most attempts to impose forcibly from above some semblance of "order" ("harmony" or "justice")[6] are monstrous aberrations, as is, for instance, the totalitarian scheme of Dostoevsky's Grand Inquisitor. Many of Dürrenmatt's dramas are—implicitly or explicitly—satiric diatribes against ill-conceived designs to introduce order into the world by force of an *idée fixe,* an economic theory or one's very personal concept of justice born of undeserved suffering.

There is, for instance, the religious zeal of the Anabaptists in Dürrenmatt's earliest play, *Es steht geschrieben,* who seek refuge from the chaos of a corrupt world in some communal order only to wreak greater havoc among those whom they endeavor to save. In *Ein Engel kommt nach Babylon,* King Nebuchadnezzar is haunted by the ideal of an absolutely just commonwealth. But his abstract visions of justice are no match for the wisdom of a beggar whose religious reverence for life elicits some sort of heavenly grace. *Die Ehe des Herrn Mississippi* features a hero—signifi-

5 Dürrenmatt, *Theaterprobleme,* p. 48.
6 Ever since Plato, these concepts seem to be "dialectically" linked.

cantly a public prosecutor—who attempts to enforce in his state the rigid canons of the ancient Mosaic law. He is challenged by his erstwhile friend, Saint-Claude, who proselytizes the Communist notion of an earthly paradise. Both fail miserably and grotesquely; they have respect for a concept but lack reverence for life. Claire Zachanassian, the heroine of *Der Besuch der alten Dame (The Visit)*, is the symbol of a grotesquely distorted conception of Greek Fate. Her power or omnipotence is as artificial as some of her limbs. It does not rest upon some visible cosmic order but rather on the very earthly lure of wealth and fame.

In all cases, Dürrenmatt does not fail to allude to the ambiguities of his heroes' personal motives. The crude evangelisms of the attorney Mississippi and the revolutionary Saint-Claude, for instance, are little else but ritualistic exorcisms designed to expunge from their lives the degradations of their youth. And Claire Zachanassian's sense of justice is perhaps only the obverse of a lost capacity to love. Ironically, in seeking to redress the balance of justice in a wayward world, they must often combat evil with evil. However, Dürrenmatt's indictment of melioristic schemes stops short of a cynical or "nihilistic" sell-out of all values. He takes to task his heroes' attempts to regain Paradise mostly because they are led to endow their abstract principles of action with the absoluteness of Divine Law. In this sense their striving is "grotesque," resting, as it does, on the illusion that man can see the world from a transcendent, i.e. divine, vantage point.

Dürrenmatt's use of the grotesque is not limited to ideological satire. In all of his plays, the grotesque is exuberantly alive. It manifests itself in an array of pictorial surprises, in technical inventiveness, Rabelaisian humor, and unusual characterizations. It may also appear in the guise of irreverent parodies of history, theatrical traditions, or well-known episodes from classical plays. In *Romulus der Große*, for instance, Dürrenmatt portrays the inept and pallid ruler of the declining Roman Empire as a man whose humble wisdom puts to shame the mad ambitions of his contemporaries, although he succeeds in their eyes only as a poultry man and expert in chicken lore. The drama *Der Blinde* is by and large a daring, though poetic, paraphrase of the blind faith of the biblical Job, while the chorus in the epilogue of *Der Besuch der alten Dame* is a vitriolic parody of the religious and moralistic notes intoned by the Sophoclean chorus.

But, what is more, the grotesque puts on the mask of the demonic and monstrous when it is divested of its comical elements. Then the world seems to be, as in a Bosch painting, under the spell of some evil curse. Inanimate objects come to life to create a strangely oppressive atmosphere of impending doom: "Häuser kriechen über den Boden"; rusty old cars stand around like "grasende Tiere"; heavy doors look like "offene Riesenmäuler." Or, in inverted fashion, human features have stiffened into eerie exanimation: in some human heads red eyes stare at us like "rostige Nägel."[7] In *Die Panne,* four sedate lawyers, who while away their years of retirement with mock-trials, suddenly shout like a horde of demons when their unsuspecting victim in an alcoholic daze confesses a crime buried in the dark recesses of his soul.

Dürrenmatt cannot refrain from grotesqueries even in the midst of his rather conventional play *Die Physiker.* Möbius's *Psalm Salomos* is a biting and grotesque modern parody on its biblical model. And all the eccentric protagonists of the play appear in one way or another as grotesque, if not demonic, distortions of their counterparts in "real" life.

There is, however, method in Dürrenmatt's apparent obsession with the grotesque.[8] One soon comes to realize that in its various forms it is the mirror-image of a world unhinged—"alienated," as it were—from a visible order. Coupled with the often highly imaginary worlds depicted in a Dürrenmatt drama, the grotesque has an "alienating" effect on the spectator. It forces him to reflect rather assiduously on the "reality" or "truth" of the dramatic parables and puts him at a critical or safe distance from a precipitous, purely emotional involvement in what might otherwise be quite an absorbing plot. Hence, in a Dürrenmatt play, the grotesque does what the dramatic techniques advocated by Bertolt Brecht for his "epic theater" are supposed to do, namely to produce *Verfremdung* (alienation) in the spectator. However, Dürrenmatt does not shy away from an occasional use of devices that are strongly reminiscent of the "epic theater," though always with a deft personal touch. In his first play, *Es steht geschrieben,* some actors step out of their roles to function as

7 All examples are from Dürrenmatt's *Die Stadt,* a selection of early prose sketches in which his fascination with the grotesque expresses itself in descriptions of an awesome, dark and evil world.

8 The grotesque has been called the *Grundstruktur* [the basic structure] of his drama. See Reinhold Grimm, "Parodie und Groteske im Werk Dürrenmatts," *Der unbequeme Dürrenmatt* ("Theater unserer Zeit," Band 4; Basel: Basilius Presse, 1962).

narrators and to reflect critically on the parts they play within the drama. One of the characters shot to death in *Die Ehe des Herrn Mississippi* is resurrected to assume the role of narrator at the beginning of the play and to talk nonchalantly about his violent death, only to step back into the drama to re-enact his stormy career. In the opera *Frank V,* songs and some linguistic experiments show unmistakeable affinities with Brecht's *Dreigroschenoper.* But Dürrenmatt has never made a fetish of Brechtian alienation effects. He uses them only when they fit the purposes of the plot, or rather the *Einfall,* of the play. In a very real sense, for Dürrenmatt the play rather than a theatrical dogma "is the thing."

The Spirit of Tragedy and the Spirit of "Grace"

The grotesque, then, is the fundamental dramatic device which Dürrenmatt uses to portray a world alienated from a higher order and thus removed from the justice of a supposedly knowable and rational God. His "positive" heroes of justice are manifestly grotesque and, no doubt, find little favor with their author. The often sardonic banter which Dürrenmatt has in store for their absolutist pretenses reveals a skepticism which also explains why Dürrenmatt does not shed any tears over the demise of tragedy—real or imagined—on the modern stage. For classical tragedy had to postulate some kind of transcendent or "absolute" knowledge about the relationship of God to man, a claim which modern man has long since largely abandoned. Hence, Dürrenmatt emphatically rejects the omniscient viewpoint necessitated in drama and fiction by the ancient notion of Fate:

> Die Welt ist größer denn der Mensch, zwangsläufig nimmt sie so bedrohliche Züge an, die von einem Punkt außerhalb nicht bedrohlich wären, doch habe ich kein Recht und keine Fähigkeit, mich außerhalb zu stellen.[9]

Cosmic Fate, when seen from within man's range of vision rather than from "without," will appear as mere chance, paradox, or the fortuitous

9 *Theaterprobleme,* p. 49: The world is much bigger than man. Forcibly it takes on menacing traits which would not seem threatening from a transcendent vantage point, yet I have neither the right nor the capacity to take up a position "outside."

result of the mingling of human motives. In the modern, relativistically oriented world the spirit of tragedy may perhaps only lurk as an erosive sort of anxiety behind a mask of farcical make-believe:

> Wir können das Tragische aus der Komödie heraus erzielen, hervorbringen als einen schrecklichen Moment, als einen sich öffnenden Abgrund, so sind ja schon viele Tragödien Shakespeares Komödien, aus denen heraus das Tragische aufsteigt.[10]

In Dürrenmatt, the tragic sense usually erupts unexpectedly in the midst of grotesque situations and envelops a host of rather "negative" heroes of defeat. In the confrontation between man and world, Dürrenmatt never tires to show that only those who accept their "guilt" or human frailty stand a chance to act "responsibly." They are the ones who abstain from forcing on the world an abstract notion of salvation or justice. But they succeed at least in setting their own inner world in order. Thus they decrease the sum-total of chaos in the world and are willing to accept God's creation despite its apparent imperfections, even if their "faith" means their own downfall or destruction. In so doing, they rise, in the very depths of defeat, above that which destroys them. From the general debacle of his life Graf Übelohe, in *Die Ehe des Herrn Mississippi*, saves the enduring treasure of love, even if it is trampled upon. Ill, in *Der Besuch der alten Dame*, before his ignominious death, arrives at a humble sort of self-possession, a recognition of his "guilt," while his detractors and murderers, comforted by the prospect of worldly possessions, continue

10 *Theaterprobleme*, p. 48: We can achieve the tragic within comedy, conjure it up as a fearful moment, present it as a deepening abyss. Thus, many Shakespearean tragedies are comedies from which the tragic spirit emerges.
In the last two statements, Dürrenmatt touches on the controversial question of the possibility or impossibility of writing genuine tragedy—both in spirit and form—in an era which has lost a clear, unified vision of man's place in the cosmos. In the last few years many perceptive essays and books have been written on this subject, ranging from sad obituaries to spirited defenses of the survival of the tragic sense of life in a certain type of Existentialist literature. In general, Dürrenmatt looks askance, not only at the Greek notion of Fate, but at any hard and fast dogma about the nature of man and his destiny, such as the Christian belief in Divine Providence, the humanist creed in man's essential dignity and honor, or the Positivist notion of man as the simple product of "heredity and environment" which gave rise to the naturalism and psychological realism of a few decades ago.

to deceive themselves. Möbius, in *Die Physiker,* though frustrated in his attempt to suffer vicariously for the modern world's dereliction, at least seems to "show the way" to responsible action or, in his case, non-action. Thus Dürrenmatt tersely proclaims that nowadays "guilt"—i.e. the assumption of one's individual responsibility—is a personal "achievement": *Schuld gibt es nur noch als persönliche Leistung, als religiöse Tat.*[11]

Swiss and German critics see in this aspect of Dürrenmatt's drama a residue of his family heritage and Protestant upbringing: the idea of Grace.[12] In the midst of the collective dereliction of a "fallen" race of men—which is our "misfortune"[13]—Dürrenmatt's negative heroes locate their own nondescript guilt and in so doing find a kind of inverted "faith." Not faith, of course, in the orthodox sense of conviction concerning one's own private "election," but a simple acceptance of the fallen state of man manifesting itself within one's own life and character. This type of faith may yet be "a saving grace" for the race, if practiced universally. This is the moralizing or even religious element in Dürrenmatt's plays. However, it is present in some of the *dramatis personae* in their own potential for the tragic elevation of their souls out of chaos, not as the author's didactic preachment hurled at the spectator by way of the actor.

The Role of Paradox

The implicit "message" in all of Dürrenmatt's works is the truth of paradox: for example, the more the individual sinks into anonymity in a modern society, the heavier becomes the burden of his personal responsibility for the collective destiny—hopefully the "salvation"—of mankind. A few isolated and "responsible" individuals—even if they were Grand Inquisitors—can no longer move the masses. The masses must in a sense move themselves. Since they consist of individuals, the individual had better face lucidly his own personal involvement in man's fate. However, with a fine sense of artistic delimitation, Dürrenmatt prefers to convey his message "negatively" rather than positively: in the paradoxical behavior of his heroes of defeat, such as Möbius in *Die Physiker,* rather than

11 *Theaterprobleme,* p. 48: In our times guilt is only possible as a personal achievement, as a religious deed.
12 See above all Fritz Buri's essay "Der 'Einfall' der Gnade in Dürrenmatts dramatischem Werk," in *Der unbequeme Dürrenmatt.*
13 "Pech," see *Theaterprobleme,* p. 47.

through the admonishments of heroes steeped in "positive thinking." Indeed, Dürrenmatt shudders at the thought that one might want to use his morality plays as a naïve pretext for comfort and psychological massage under the motto: "Trost bei Dürrenmatt."[14] It is only unabashed, even insolent, provocation that can shock the contemporary *homo faber* out of his "bed of ease" (*Faust*, Part I).[15]

The truth of paradox found in Dürrenmatt's drama may be the modern equivalent of the truth of irony which permeates Greek and Shakespearean tragedy. The more Oedipus tries to extricate himself from a web of fateful circumstance, the more he becomes enmeshed, thus symbolizing the awe of the Greeks before the tragic irony of man's fate. Contemporary man has equally strong reasons to be overwhelmed by the paradoxes inherent in the civilization he has helped produce. The more modern man attempts to harness the awesome power of the atom by scientific rationale, the more he seems to increase the chances that a nuclear holocaust might sometime be unleashed by sheer chance, an "accident" or "miscue," in other words, by something highly irrational or even insane. How is the modern dramatist to "metamorphose" this unthinkable, yet ever-present possibility into emblematic action on the stage without falling prey to pedantic sermonizing so offensive to modern sensibilities? Paradoxically again, the greater the statistical chances for some ultimate, all-engulfing tragedy, the more remote such a possibility appears to the contemporary intelligence. Such an end to the marvelous exploits and the progress of a scientific civilization would at best be a bad cosmic joke. Thus grizzly accounts of the power of the bomb mingle easily with the clinking of cocktail glasses; the modern world has become inured to the macabre confraternity of zany laughter and the threat of apocalyptic death. It is this farcical element in the modern temper—haunted, however, by potential "cosmic" tragedy—which is effectively translated into dramatic action

14 Horst Bienek, *Werkstattgespräche*, p. 106.

15 For instance, in the original version of *The Visit*, Dürrenmatt had some well-known contemporary world-leaders attend—in the role of sycophants—the various wedding receptions of the bizarre and rich Claire Zachanassian. These and other elements were expunged from the official Broadway version of the play—at the time with Dürrenmatt's consent. However, in his interview with Bienek recorded in the *Werkstattgespräche*, Dürrenmatt points out that the American success of *The Visit* was largely due to misconceptions about the play's dramatic character and intent.

in Dürrenmatt's "tragi-comedy" *Die Physiker* and also in Max Frisch's "morality play" *Biedermann und die Brandstifter [The Firebugs].*[16]

Dürrenmatt's Drama and Existentialism

The fascination with the dramatic possibilities of paradoxical truth may be responsible for the epithet "existentialist" which is at times applied to Dürrenmatt. In their portrayal of the "absurdity" encountered by man in his discovery of a self-contained, opaque world—the "thingness" rather than the consciousness of the universe—Camus and Sartre tend to resort to the use of paradox. But Dürrenmatt is too much beholden to the Protestant notion of a *Deus absconditus*—a god hidden in his own sphere of Being—to go to the lengths of existentialist discourses on the anxiety-ridden dichotomy between human consciousness and a world unresponsive to human "projects." In *Ein Engel kommt nach Babylon,* the Angel, mouthpiece perhaps of Dürrenmatt's own reticent faith, sings paeans to the beauty of creation whose divine essence man chooses to ignore behind the smoke-screen of his own rational constructs.

Dürrenmatt's prime concern, however—as is the case with the French existentialists—is with man as the sole responsible agent for the world he has fashioned for himself. This theme Dürrenmatt takes up again in a new metamorphosis in his play *Die Physiker.*

III DIE PHYSIKER

Dürrenmatt has added to this play 21 theses, for he likes to provide his dramas with short critical commentaries in which he frequently guards against hasty, dogmatic interpretations of the obvious. These statements are often replete with *double-entendre,* reminiscent of the grotesque within the plays themselves, and are obviously designed to tantalize as much as to aid the wary critic. The 21 aphorisms appended to *Die Physiker* do not lack in the usual puzzling quality of Dürrenmatt's critical epilogues. By and large, however, they illustrate well some of the points made in the preceding section of this essay. These theses are given in their original German form at the end of this introduction.

16 The film *Dr. Strangelove* reflects that same farcical spirit but in a more obvious and above all, caricatural, rather than parabolic fashion.

In theses 1 and 2 Dürrenmatt avows that the basis for his drama is an *Einfall*—in this case simply called a "story"—not a "thesis" or academic ideology. The story, however, obeys its own internal rules. It has a certain dramatic potential that must be fully actualized, not unlike an Aristotelian "entelechy." When the story has been brought to its "logical conclusion," then its dramatic potential has been fully realized. On the surface, Dürrenmatt expresses here in a terse and aphoristic way the hackneyed Aristotelian precept of the "unity of action." The tragic configuration built into the action from the outset must be developed to its "necessary" or "fateful" conclusion. An Oedipus tripping over his tunic and dashing headlong into a pillar of his palace, only to die on stage of a fractured skull, would obviously be no solution to the tragic equation built into the plot. Such a *dénouement* would be adventitious, a *deux ex machina,* a cheap theatrical device to remove the tragic problem rather than to solve it. Tragic fate and irony would thus not be made manifest. Such an end to Oedipus' tragic career would be ludicrous; a chance happening or accident rather than a tragic incident.

In 3-7, however, Dürrenmatt implies that the idea of "chance," repudiated in the Aristotelian *Poetics,* is the very fiber of drama. Yet, in the light of the subsequent theses, i.e. 8-10, Dürrenmatt's concept of *Zufall* (chance) is invested with ominous, foreboding qualities. For *Zufall* is to Dürrenmatt more than the purely fortuitous, absurd or "meaningless." *Zufall* is the modern—the "grotesque"—mask of the ancient notion of Fate. In a world of relativism the notion of Fate will be consigned to the realm of the unknowable, the "noumenal" world as Kant would have it. Thus in the empirical sphere, transcendent Fate will "appear" in its "phenomenal" vestment, namely as mere "chance." The difference between Fate and Chance is in a sense of the general-particular type. The portrayal of Fate on the stage would presuppose a "general," i.e. universal, knowledge of the world and on the part of the playwright an omniscient viewpoint. He would then see the world from "without" or "above," not unlike a panorama laid out beneath his eyes. But man can have only "particular" or relative knowledge of the world. He must view it from "within." Hence the playwright will look simply for the potential *Zufall* latent in an *Einfall.* What from a transcendent viewpoint would look like necessary, causal links between events, from the terrestrial vantage point is but irrational chance. Ever since Hume and Goethe's *Faust,* the Western mind has become more acutely aware of its incapacity to perceive that which holds the world together in its very core (*. . . was die Welt im Innersten zusammenhält. Faust,* Part I).[17]

It is necessary to point out the important semantic nuances of the term "chance," for in thesis 9 Dürrenmatt establishes a direct analogy between his own concept and that of Sophocles in *Oedipus Rex.* Yet it is evident from some of the other theses that what appears to be the same entity takes on an entirely different coloring, depending on the artistic viewpoint. Laius and Oedipus were "fated" to meet at the cross-roads. In the transcendent perspective the "chance encounter" expresses the will of Fate, of some cosmic inevitability. But in *Die Physiker* and all of Dürrenmatt's plays, the events are not "fated" or "inevitable" in the Greek sense, but rather the paradoxical, grotesque outcome of the mixing of human motives and projects. A nuclear catastrophe may not be inevitable, but it might be possible as a grotesque chance happening ensuing from the pursuits of a race of men "paradoxically" bent upon a rational, scientific control of the human habitat and surrounding "space." Conceivably, Dürrenmatt's reference to *Oedipus Rex* in thesis 9 is primarily "food for thought" rather than an apodictic statement of fact. With characteristic irony, Dürrenmatt seems to invite the reader to find out for himself how much difference there actually is between the Sophoclean idea of Fate and his tendency to portray human destiny in a "grotesque" perspective.

In aphorisms 11-14 Dürrenmatt states unabashedly that modern drama —if it is to portray "reality"—cannot circumvent the compelling presence of paradox in the world and in the human mind. Applied to the physicist's position in the modern world, this dictum means that the physicist cannot close his eyes to the paradoxical world he has helped create. Yet Dürrenmatt is not leveling accusations against physicists in particular.[18] In theses 15-18 he makes a strong plea for the recognition on the part of all men of their individual share of responsibility for the destiny of their world. In a mass society the attempt to find solutions to modern dilemmas must be the concern of all, not only of the few in strategic positions, such as the physicists.

17 Such faintly philosophical observations once more exonerate Dürrenmatt's dramatic theory concerning the *Einfall* as a valid basis for thought-provoking drama.

18 Dürrenmatt at one point studied physics and mathematics quite extensively.

Such reflections lead Dürrenmatt to state in 19 and 20 that "reality" is synonymous with "paradox." In the light of point 18, the pervasive paradox of the modern world is perhaps the ironic truth that the purported anonymity of the individual in a mass society only stresses his own responsibility.

In the last thesis Dürrenmatt gives evidence of skeptical restraint as regards the power of drama to help man face his responsibility and to bring about social change. He may be refuting here the optimism of Bertolt Brecht who voiced the hope—although guardedly—that the critical attitude fostered by the alienation effects of his epic theater might produce an appreciable change in the spectator's social attitudes—hopefully for the better.

As if to emphasize the distance separating his own from Brecht's world, Dürrenmatt abstains in *Die Physiker* from the use of dramatic techniques associated with the epic theater. As a matter of fact, Dürrenmatt observes in this play the "classical unities" of time, place, and action. But his faithful adherence to rigid classical canons is by no means a simple anti-Brechtian polemic but above all another striking novelty in the long series of his theatrical experiments, as he himself points out in Bienek's *Werkstattgespräche.* Furthermore, the "style" or structure of a play, to Dürrenmatt, is always a function of the plot, more precisely the *Einfall* with its thematic potential, rather than a matter of basic dramatic credo. In the scene-description at the beginning of the first act he muses that only an action taking place among the insane can do justice to the classical unities. With this ironical jab, he obviously wants to hold at bay those critics who might be inclined to say that after many experimental aberrations Dürrenmatt has finally "found his way"—the classical form. It should rather be said that the topic of *Die Physiker* lends itself admirably to the closed

---

Throughout *Die Physiker* he makes direct or indirect references to certain important concepts in modern physics. He has been taken to task for his heady use of these notions for the sake of stage effect. It seems obvious, however, that the stage is no lecture podium from which to "popularize science." Certainly, the interpretation of the meaning of the play does not depend on an elaborate exposition of scientific theory. That modern science has the power to obliterate mankind is by now common knowledge, and man's moral responsibility remains the same whether such possible destruction be due to the inventions and discoveries of physics, chemistry, or biochemistry.

classical form just as his first major play, *Es steht geschrieben,* had offered many possibilities for the open Brechtian form of drama.

In *Die Physiker,* the element of mystery prevails, as in the detective novel of which Dürrenmatt is a past master. The play is concerned with the unravelling of baffling intrigues converging in an insane asylum. The spectator is plunged *in medias res,* at a point when some fateful deeds have already been committed and are beyond any power to undo. Certainly, such material, reminiscent of the "discovery" plot of *Oedipus Rex,* can be effectively treated within the restrictive bounds of the classical form.

Yet, fundamentally, *Die Physiker* is a "tragi-comedy," for Dürrenmatt treats the barely visible forces that seem to lead human destiny toward horrifying prospects with a certain humorous dispassion. The murders which occur are symptomatic of this critical detachment. They are no longer tragic deaths as in classical or Shakespearean tragedy, despite the traditional "tragic" form of the play. The deaths of the unwitting victims are steeped in an atmosphere of near-hilarity and serve to relax the tension of the detective plot rather than to bring it to a high pitch of tragic insight into the human condition. Dürrenmatt writes "eine Komödie, die mit Leichen umzugehen weiss."[19] Surely, these deaths do not produce a cathartic effect or an elevation of feeling in the spectator, at best they cause embarrassed commiseration. The climax of the play is thus "ideological" rather than "dramatic" (in the original etymological sense of *drama* = action), for it culminates in the forensic debates of the physicists among themselves and with the psychiatrist. Hence, as well as involving the spectator emotionally by the suspense of the mystery-like plot, the play is likely to produce some "critical distance."

In fact, in his *Theaterprobleme* Dürrenmatt emphatically asserts that comedy, by its very attempt to make people laugh at their own foibles and the absurdities of their world, creates spontaneously aesthetic and critical detachment. Tragedy, however, tends to produce the opposite effect—empathy—by portraying the bonds that link the realities of the past with those of the present, i.e. the "universality" of man's experience of the world:

19 Hans Mayer, "Dürrenmatt und Brecht oder Die Zurücknahme," *Der unbequeme Dürrenmatt,* p. 106: . . . a comedy that knows how to handle corpses.

> Die Tragödie überwindet die Distanz. Die in grauer Vorzeit liegenden Mythen macht sie den Athenern zur Gegenwart. Die Komödie schafft Distanz, den Versuch der Athener, in Sizilien Fuß zu fassen, verwandelt sie in das Unternehmen der Vögel, ihr Reich zu errichten, vor dem Götter und Menschen kapitulieren müssen.[20]

It is thus the comic element in the otherwise serious subject-matter of *Die Physiker* which, coupled with certain grotesqueries, prevents the spectator from mere emotional identification with the "tragic" victims of the play.

Around and behind the incisive debates on the role of science in the modern world, there looms again in this play, as in most of Dürrenmatt's works, the Protestant notion of Grace, although somewhat in disguise. First, it is there in the form of persiflage and satire. Missionar Rose who knows all the Psalms by heart recites sanctimoniously one or two of them which allude to the all-embracing mercy of God. Yet he refuses to give credence to Möbius's obstinate contention that King Solomon—the purported writer of the *Song of Songs*—is giving him—Möbius—directions for his life. Then, Frau Rose and the nurse Monika represent in their own homespun, philistine ways the "grace of love" visited upon Möbius. However, no more than Missionar Rose can they perceive in the symbolism of Möbius's mad and maddening assertions the true problem of Grace in a modern derelict world. Such insight would involve—so Dürrenmatt seems to suggest—renunciation of personal ambitions and acceptance of one's individual responsibility or even "guilt" for the fallen state of modern man.

20 *Theaterprobleme*, pp. 45-6 (in this passage reference is made to Aristophanes' *The Birds*. Dürrenmatt is a great admirer of Aristophanes!):

> Tragedy conquers distance. Before the eyes of the Athenians it transplants the hoary myths of the dim past into the present. Comedy creates distance. It transforms the attempt of the Athenians to conquer Sicily into the enterprise of the birds to establish a kingdom which will force gods and men into capitulation.

21 Punkte zu den Physikern

1
Ich gehe nicht von einer These, sondern von einer Geschichte aus.

2
Geht man von einer Geschichte aus, muß sie zu Ende gedacht werden.

3
Eine Geschichte ist dann zu Ende gedacht, wenn sie ihre schlimmst-mögliche Wendung genommen hat.

4
Die schlimmst-mögliche Wendung ist nicht voraussehbar. Sie tritt durch Zufall ein.

5
Die Kunst des Dramatikers besteht darin, in einer Handlung den Zufall möglichst wirksam einzusetzen.

6
Träger einer dramatischen Handlung sind Menchen.

7
Der Zufall in einer dramatischen Handlung besteht darin, wann und wo wer zufällig wem begegnet.

8
Je planmäßiger die Menschen vorgehen, desto wirksamer vermag sie der Zufall zu treffen.

9
Planmäßig vorgehende Menschen wollen ein bestimmtes Ziel erreichen. Der Zufall trifft sie dann am schlimmsten, wenn sie durch ihn das Gegenteil ihres Ziels erreichen: Das, was sie befürchteten, was sie zu vermeiden suchten [z. B. Oedipus].

10
Eine solche Geschichte ist zwar grotesk, aber nicht absurd [sinnwidrig].

11
Sie ist paradox.

12
Ebensowenig wie die Logiker können die Dramatiker das Paradoxe vermeiden.

13
Ebensowenig wie die Logiker können die Physiker das Paradoxe vermeiden.

14
Ein Drama über die Physiker muß paradox sein.

15
Es kann nicht den Inhalt der Physik zum Ziele haben, sondern nur ihre Auswirkung.

16
Der Inhalt der Physik geht die Physiker an, die Auswirkung alle Menschen.

17
Was alle angeht, können nur alle lösen.

18
Jeder Versuch eines Einzelnen, für sich zu lösen, was alle angeht, muß scheitern.

19
Im Paradoxen erscheint die Wirklichkeit.

20
Wer dem Paradoxen gegenübersteht, setzt sich der Wirklichkeit aus.

21
Die Dramatik kann den Zuschauer überlisten, sich der Wirklichkeit auszusetzen, aber nicht zwingen, ihr standzuhalten oder sie gar zu bewältigen.

Biographical Sketch

1921 Born Jan. 5 in the village of Konolfingen (Berne) where his father was Protestant pastor. Dürrenmatt attends elementary and secondary schools at Konolfingen. (His grandfather was a satirist of some note and a deputy in the Swiss Parliament.)

1935 Family moves to Berne where Dürrenmatt's father has accepted the position of pastor at the *Salemkirche.* Dürrenmatt attends the *Freie Gymnasium* and the *Humboldtianum,* where he obtains his *Matura* (in Germany: *Abitur;* see footnote 86 on page 32).

1941 Studies at the universities of Zurich and Berne in philosophy, literature, and natural sciences. Reads Kierkegaard, Aristophanes, and Expressionist writers such as Frank Wedekind, Georg Trakl, and Georg Heym. Practices drawing and begins to write plays such as an apocalyptic satire tersely called "Comedy" which, however, has never been published or performed.

1946-48 Takes up residence in Basle and attempts to make a living as a writer. Supplements his income as theater critic. Writes his first play, the Anabaptist drama *Es steht geschrieben.*

1947 Marries the actress Lotti Geißler. Soon after their marriage, première of *Es steht geschrieben* in the *Schauspielhaus* at Zurich, which elicits considerable hostile criticism.

1948-52 Moves to Ligerz, a little town situated on the Lake of Bienna.

1952 Purchases a house in Neuchâtel, situated high above the lake, where he is still working and living with his wife and his three children, Peter, Barbara, and Ruth.

Bibliography

DÜRRENMATT'S WORKS

Dramas

Es steht geschrieben (1947)
Romulus der Große (1956)
Romulus der Große (second version, 1957) (1958)
Die Ehe des Herrn Mississippi (1952)
Ein Engel kommt nach Babylon (1954)
Der Besuch der alten Dame (1956)
Der Blinde (1960)
Frank V (Opera with music by Paul Burkhard) (1960)
Die Physiker (1962)

Novels, tales, essays

Die Stadt. Prosa I-IV (1952)
Der Verdacht. Kriminalgeschichte (1953)
Der Richter und sein Henker. Roman (1952)
Grieche sucht Griechin. Eine Prosakomödie (1955)
Theaterprobleme (1955)
Die Panne. Eine noch mögliche Geschichte (1956)
Das Versprechen. Requiem auf den Kriminalroman (1958)
Friedrich Schiller. Rede (1960)
Der Rest ist Dank. Rede (1961)

Radio Plays

Der Prozeß um des Esels Schatten. Ein Hörspiel (nach Wieland—aber nicht sehr) (1958)

Stranitzky und der Nationalheld (1959)

Herkules und der Stall des Augias. Mit Randnotizen eines Kugelschreibers (1954)

Nächtliches Gespräch mit einem verachteten Menschen (Ein Kurs für Zeitgenossen) (1957)

Das Unternehmen der Wega (1958)

Abendstunde im Spätherbst (1959)

Der Doppelgänger (1960)

All the above works were published by Arche Verlag, Zurich, except *Der Verdacht* and *Der Richter und sein Henker,* which were published by Benzinger Verlag, Cologne.

SELECTED CRITICISM

Bänziger, H. *Frisch und Dürrenmatt.* Bern: Francke Verlag, 1960.

Bienek, Horst. "Friedrich Dürrenmatt," *Werkstattgespräche mit Schriftstellern,* pp. 99-112. Munich: Carl Hanser Verlag, 1962.

Brock-Sulzer, Elisabeth. *Friedrich Dürrenmatt. Stationen seines Werkes.* Zurich: Verlag der Arche, 1960.

Geissler, Rolf (ed.). "Friedrich Dürrenmatt," *Zur Interpretation des modernen Dramas.* 2nd. edition. Frankfurt a.M.: Verlag Moritz Diesterweg, n.d.

Grimm, Reinhold, *et al.* (eds.). *Der unbequeme Dürrenmatt* ("Theater unserer Zeit," Bd. 4). Basel: Basilius Presse, 1962.

Guthke, Karl S. *Geschichte und Poetik der deutschen Tragikomödie,* pp. 361-91. Göttingen: Vandenhoeck und Ruprecht, 1961.

Kayser, Wolfgang. *The Grotesque in Art and Literature,* pp. 9-47. Translated by Ulrich Weisstein. Bloomington: Indiana University Press, 1963.

Nonnenmann, Klaus (ed.). *Schriftsteller der Gegenwart,* pp. 84-92. Olten and Freiburg i.B.: Walter Verlag, 1963.

Strelka, Joseph. *Brecht, Horvath, Dürrenmatt. Wege und Abwege des modernen Dramas.* Vienna-Hanover-Bern: Forum Verlag, 1962.

Die Physiker

Personen

Fräulein Doktor Mathilde von Zahnd	IRRENÄRZTIN
Marta Boll	OBERSCHWESTER
Monika Stettler	KRANKENSCHWESTER
Uwe Sievers	OBERPFLEGER
McArthur	PFLEGER
Murillo	PFLEGER
Herbert Georg Beutler, genannt Newton	PATIENT
Ernst Heinrich Ernesti, genannt Einstein	PATIENT
Johann Wilhelm Möbius	PATIENT
Missionar Oskar Rose	
Frau Missionar Lina Rose	
Adolf-Friedrich	IHRE BUBEN
Wilfried-Kaspar	IHRE BUBEN
Jörg-Lukas	IHRE BUBEN
Richard Voß	KRIMINALINSPEKTOR
Gerichtsmediziner	
Guhl	POLIZIST
Blocher	POLIZIST

AKT

1

Ort: Salon einer bequemen, wenn auch etwas verlotterten[1] ,Villa' des privaten Sanatoriums ,Les Cerisiers'. Nähere Umgebung: Zuerst natürliches, dann verbautes Seeufer,[2] später eine mittlere, beinahe kleine Stadt. Das einst schmucke Nest[3] mit 5
seinem Schloß und seiner Altstadt ist nun mit gräßlichen Gebäuden der Versicherungsgesellschaften verziert[4] und ernährt sich zur Haupisache von einer bescheidenen Universität[5] mit ausgebauter theologischer Fakultät und sommerlichen Sprachkursen,[6] 10
ferner von einer Handels- und einer Zahntechnikerschule, dann von Töchterpensionaten[7] und von einer

1 *wenn . . . verlotterten* although somewhat run-down
2 *Zuerst . . . Seeufer* A natural shore-line first, then becoming built-up
3 *Das . . . Nest* The once lovely town
4 *verziert* (ironic) adorned
5 *ernährt sich . . . Universität* feeds (depends) primarily on a modest university
6 *sommerlichen Sprachkursen* Summer Language Courses (the adjective *sommerlich* ="summery" in this context may have a slight touch of teasing humor. Usually: *Sommer-Sprachkurse*)
7 *Töchterpensionaten* boarding schools for girls

kaum nennenswerten Leichtindustrie und liegt somit schon an sich abseits vom Getriebe.[8] *Dazu beruhigt überflüssigerweise auch noch die Landschaft die Nerven, jedenfalls sind blaue Gebirgszüge, human bewaldete Hügel*[9] *and ein beträchtlicher See vorhanden, sowie eine weite, abends rauchende Ebene in unmittelbarer Nähe—einst ein düsteres Moor—nun von Kanälen durchzogen und fruchtbar, mit einer Strafanstalt irgendwo und dazu gehörendem landwirtschaftlichem Großbetrieb, so daß überall schweigsame und schattenhafte Gruppen und Grüppchen von hackenden und umgrabenden Verbrechern sichtbar sind. Doch spielt das Örtliche eigentlich keine Rolle,*[10] *wird hier nur der Genauigkeit zuliebe erwähnt, verlassen wir doch nie die ‚Villa' des Irrenhauses [nun ist das Wort doch gefallen]*[11] *noch präziser: Auch den Salon werden wir nie verlassen, haben wir uns doch vorgenommen,*[12] *die Einheit von Raum, Zeit und Handlung*[13] *streng einzuhalten; einer Handlung, die unter Verrückten spielt, kommt nur die klassische Form bei.*[14] *Doch zur Sache. Was die ‚Villa' betrifft, so waren in ihr einst sämtliche Patienten der Gründerin des Unternehmens Fräulein Dr.h.c.*[15] *Dr. med. Mathilde von Zahnd untergebracht, vertrottelte Aristokraten, arteriosklerotische*

8 *liegt . . . Getriebe* thus by its very nature it is removed from the bustle (of modern life)

9 *human . . . Hügel* delightfully wooded hills (*human* is used here in the sense of "appealing to the moral sensibility of man," as opposed to the savage, uncivilized element in nature)

10 *Doch . . . Rolle* However, the locale is of no importance (the description of the locale bearing a striking resemblance to Dürrenmatt's own home, he indulges here in a little tongue-in-cheek mystification)

11 *(nun . . . gefallen)* now the word has slipped out anyway

12 *haben . . . vorgenommen* inasmuch as we intend to . . .

13 *die Einheit . . . Handlung* (Reference to the neo-classical doctrine of the "three unities" of time, place, and action.)

14 *einer Handlung . . . bei* only the classical form can do justice to an action taking place among insane people

15 *Dr. h. c.* (*Latin:* honoris causa) honorary Ph.D.

Politiker—falls sie nicht noch regieren—debile Millionäre, schizophrene Schriftsteller, manisch-depressive Großindustrielle, usw., kurz, die ganze geistig verwirrte Elite des halben Abendlandes, denn das Fräulein Doktor ist berühmt, nicht nur weil die bucklige Jungfer in ihrem ewigen Ärztekittel einer mächtigen autochthonen Familie[16] *entstammt, deren letzter nennenswerter Sproß sie ist, sondern auch als Menschenfreund und Psychiater von Ruf, man darf ruhig behaupten: Von Weltruf [ihr Briefwechsel mit C. G. Jung*[17] *ist eben erschienen]. Doch nun sind die prominenten und nicht immer angenehmen Patienten längst in den eleganten, lichten Neubau übergesiedelt, für die horrenden Preise wird auch die bösartigste Vergangenheit ein reines Vergnügen.*[18] *Der Neubau breitet sich im südlichen Teil des weitläufigen Parks in verschiedenen Pavillons aus [mit Ernis Glasmalereien*[19] *in der Kapelle] gegen die Ebene zu, während sich von der ‚Villa' der mit riesigen Bäumen bestückte Rasen*[20] *zum See hinunterläßt. Dem Ufer entlang führt eine Steinmauer. Im Salon der nun schwach bevölkerten ‚Villa' halten sich meistens drei Patienten auf, zufälligerweise Physiker, oder doch nicht ganz zufälligerweise, man wendet humane Prinzipien an und läßt beisammen, was zusammengehört. Sie leben für sich, jeder eingesponnen in seine*

16 *autochthonen Familie* first (old) family (*autochthon* (Greek) = indigenous and long-established)
17 *C. G. Jung* Swiss psychiatrist (1875-1961), founder of a school of analytical psychology, especially known for the concept of the "collective unconscious"
18 *für . . . Vergnügen* the horrendous prices make even the most vicious past a sheer delight (i.e. the patients pay so much money that the doctors cannot fail to make horrible things pleasant—possibly both for themselves and the patients.)
19 *Ernis Glasmalereien* Erni's stained-glass windows (Hans Erni (1909-) is a contemporary Swiss painter, graphic artist, and sculptor of international repute.)
20 *der . . . Rasen* the lawn, posted with gigantic trees

Hildegard Steinmetz

eingebildete Welt,[21] *nehmen die Mahlzeiten im Salon gemeinsam ein, diskutieren bisweilen über ihre Wissenschaft oder glotzen still vor sich hin,*[22] *harmlose, liebenswerte Irre, lenkbar, leicht zu behandeln und anspruchslos. Mit einem Wort, sie gäben wahre Musterpatienten ab,*[23] *wenn nicht in der letzten Zeit Bedenkliches, ja geradezu Gräßliches vorgekommen wäre: Einer von ihnen erdrosselte vor drei Monaten eine Krankenschwester, und nun hat sich der gleiche Vorfall aufs neue ereignet. So ist denn wieder die Polizei im Hause. Der Salon deshalb mehr als üblich bevölkert. Die Krankenschwester liegt auf dem Parkett, in tragischer und definitiver Stellung,*[24] *mehr im Hintergrund, um das Publikum nicht unnötig zu erschrecken. Doch ist nicht zu übersehen,*[25] *daß ein Kampf stattgefunden hat. Die Möbel sind beträchtlich durcheinandergeraten. Eine Stehlampe und zwei Sessel liegen auf dem Boden und links vorne ist ein runder Tisch umgekippt, in der Weise, daß nun die Tischbeine dem Zuschauer entgegenstarren. Im übrigen hat der Umbau in ein Irrenhaus [die Villa war einst der von Zahnd'sche Sommersitz] im Salon schmerzliche Spuren hinterlassen. Die Wände sind bis auf Mannshöhe*[26] *mit hygienischer Lackfarbe überstrichen, dann erst kommt der darunterliegende Gips zum Vorschein,*[27] *mit zum Teil noch erhaltenen Stukkaturen.*[28] *Die drei Türen im Hintergrund, die von einer kleinen Halle in die Krankenzimmer der Physiker führen, sind mit schwarzem Leder gepol-*

21 *eingesponnen . . . Welt* cocooned in his imaginary world
22 *glotzen . . . hin* stare silently into space
23 *sie . . . ab* they would make truly exemplary patients
24 *definitiver Stellung* "definitive," i.e. "final," pose (i.e. one suggesting the finality of death)
25 *Doch . . . übersehen* But one should not overlook
26 *bis auf Mannshöhe* up to a man's height
27 *dann . . . Vorschein* only above that the plaster underneath can be seen
28 *mit . . . Stukkaturen* with partly preserved stucco-work

stert. Außerdem sind sie numeriert eins bis drei. Links neben der Halle ein häßlicher Zentralheizungskörper, rechts ein Lavabo mit Handtüchern an einer Stange. Aus dem Zimmer Nummer zwei [das mittlere Zimmer] dringt Geigenspiel mit Klavierbegleitung.[29] *Beethoven. Kreutzersonate.*[30] *Links befindet sich die Parkfront, die Fenster hoch und bis zum Parkett herunterreichend,*[31] *der mit Linoleum bedeckt ist. Links und rechts der Fensterfront ein schwerer Vorhang. Die Flügeltüre führt auf eine Terrasse, deren Steingeländer*[32] *sich vom Park und dem relativ sonnigen Novemberwetter abhebt.*[33] *Es ist kurz nach halb fünf nachmittags. Rechts über einem nutzlosen Kamin, vor das ein Gitter gestellt ist, hängt das Porträt eines spitzbärtigen alten Mannes in schwerem Goldrahmen. Rechts vorne eine schwere Eichentüre. Von der braunen Kassettendecke*[34] *schwebt ein schwerer Kronleuchter. Die Möbel: Beim runden Tisch stehen —ist der Salon aufgeräumt*[35]*—drei Stühle: wie der Tisch weiß gestrichen. Die übrigen Möbel leicht zerschlissen,*[36] *verschiedene Epochen.*[37] *Rechts vorne ein Sofa mit Tischchen, von zwei Sesseln flankiert. Die Stehlampe gehört eigentlich hinter das Sofa, das Zimmer demnach durchaus nicht überfüllt: Zur Ausstattung einer Bühne, auf der im Gegensatz zu den Stücken der Alten das Satyrspiel der Tragödie vor-*

29 *Aus . . . Klavierbegleitung* The sound of a violin with piano accompaniment issues forth from room number two.
30 *Kreutzersonate* (Beethoven's Violin Sonata, op. 47, composed in 1803 and dedicated to the teacher and virtuoso Rodolphe Kreutzer, 1766-1831)
31 *die Fenster . . . herunterreichend* the windows high and extending down to the floor
32 *Steingeländer* decorative stone balustrade
33 *sich vom . . . abhebt* is set off against
34 *Kassettendecke* coffered ceiling
35 *ist . . . aufgeräumt* when the drawing-room is cleaned up
36 *leicht zerschlissen* slightly seedy
37 *verschiedene Epochen* of various periods

angeht,[38] *gehört wenig. Wir können beginnen. Um die Leiche bemühen sich Kriminalbeamte, zivil kostümiert, seelenruhige, gemütliche Burschen, die schon ihre Portion Weißwein konsumiert haben und danach riechen. Sie messen, nehmen Fingerabdrücke usw. In der Mitte des Salons steht Kriminalinspektor Richard Voß, in Hut und Mantel, links Oberschwester Marta Boll, die so resolut aussieht, wie sie heißt und ist.*[39] *Auf dem Sessel rechts außen sitzt ein Polizist und stenographiert. Der Kriminalinspektor nimmt eine Zigarre aus einem braunen Etui.* 5 10

INSPEKTOR Man darf doch rauchen?
OBERSCHWESTER Es ist nicht üblich.
INSPEKTOR Pardon.

Er steckt die Zigarre zurück. 15

OBERSCHWESTER Eine Tasse Tee?
INSPEKTOR Lieber Schnaps.[40]
OBERSCHWESTER Sie befinden sich in einer Heilanstalt.
INSPEKTOR Dann nichts. Blocher, du kannst photographieren.
BLOCHER Jawohl, Herr Inspektor. 20

Man photographiert. Blitzlichter.

INSPEKTOR Wie hieß die Schwester?
OBERSCHWESTER Irene Straub.
INSPEKTOR Alter?
OBERSCHWESTER Zweiundzwanzig. Aus Kohlwang. 25
INSPEKTOR Angehörige?
OBERSCHWESTER Ein Bruder in der Ostschweiz.
INSPEKTOR Benachrichtigt?

38 *auf . . . vorangeht* where, contrary to the theatrical practice of the Ancients (i.e. the Greeks), the satyr play (comedy) precedes the tragedy
39 *Marta Boll . . . ist* Marta Boll who looks and is as resolute as the sound of her name (*Boll* sounds rather like an aggressive bark; perhaps also an allusion to *Bollwerk* = a bulwark or impregnable fortress.)
40 *Lieber Schnaps* Preferably Schnaps (a popular and relatively inexpensive type of brandy)

OBERSCHWESTER Telephonisch.

INSPEKTOR Der Mörder?

OBERSCHWESTER Bitte, Herr Inspektor—der arme Mensch ist doch krank.

INSPEKTOR Also gut:[41] Der Täter? 5

OBERSCHWESTER Ernst Heinrich Ernesti. Wir nennen ihn Einstein.

INSPEKTOR Warum?

OBERSCHWESTER Weil er sich für Einstein hält.

INSPEKTOR Ach so.

Er wendet sich zum stenographierenden Polizisten. 10

INSPEKTOR Haben Sie die Aussagen der Oberschwester, Guhl?

GUHL Jawohl, Herr Inspektor.

INSPEKTOR Erdrosselt, Doktor?

GERICHTSMEDIZINER Eindeutig. Mit der Schnur der Stehlampe. Diese Irren entwickeln oft gigantische Kräfte. Es hat etwas 15 Großartiges.

INSPEKTOR So. Finden Sie. Dann finde ich es unverantwortlich, diese Irren von Schwestern pflegen zu lassen. Das ist nun schon der zweite Mord.

OBERSCHWESTER Bitte, Herr Inspektor. 20

INSPEKTOR —der zweite Unglücksfall innert drei Monaten in der Anstalt Les Cerisiers.

Er zieht ein Notizbuch hervor.

INSPEKTOR Am zwölften August erdrosselte ein Herbert Georg Beutler, der sich für den großen Physiker Newton 25 hält, die Krankenschwester Dorothea Moser.

Er steckt das Notizbuch wieder ein.

INSPEKTOR Auch in diesem Salon. Mit Pflegern wäre das nie vorgekommen.

OBERSCHWESTER Glauben Sie? Schwester Dorothea Moser war Mit- 30 glied des Damenringvereins[42] und Schwester Irene

41 *Also gut* Well, then
42 *Damenringverein* Ladies' Wrestling Club

Straub Landesmeisterin[43] des nationalen Judoverbandes.

INSPEKTOR Und Sie?

OBERSCHWESTER Ich stemme.[44]

INSPEKTOR Kann ich nun den Mörder— 5

OBERSCHWESTER Bitte, Herr Inspektor.

INSPEKTOR —den Täter sehen?

OBERSCHWESTER Er geigt.

INSPEKTOR Was heißt: Er geigt?

OBERSCHWESTER Sie hören es ja. 10

INSPEKTOR Dann soll er bitte aufhören.

Da die Oberschwester nicht reagiert.

INSPEKTOR Ich habe ihn zu vernehmen.

OBERSCHWESTER Geht nicht.

INSPEKTOR Warum geht es nicht? 15

OBERSCHWESTER Das können wir ärztlich nicht zulassen. Herr Ernesti muß jetzt geigen.

INSPEKTOR Der Kerl erdrosselte schließlich eine Krankenschwester![45]

OBERSCHWESTER Herr Inspektor. Es handelt sich nicht um einen Kerl, 20 sondern um einen kranken Menschen, der sich beruhigen muß. Und weil er sich für Einstein hält, beruhigt er sich nur, wenn er geigt.

INSPEKTOR Bin ich eigentlich verrückt?[46]

OBERSCHWESTER Nein. 25

INSPEKTOR Man kommt ganz durcheinander.

Er wischt sich den Schweiß ab.

INSPEKTOR Heiß hier.

OBERSCHWESTER Durchaus nicht.

INSPEKTOR Oberschwester Marta. Holen Sie bitte die Chefärztin. 30

OBERSCHWESTER Geht auch nicht. Fräulein Doktor begleitet Einstein

43 *Landesmeisterin* national champion
44 *Ich stemme* I am a weightlifter
45 *Der Kerl . . . Krankenschwester* But, the fellow has strangled a nurse
46 *Bin . . . verrückt?* Have I perhaps lost my mind?

auf dem Klavier. Einstein beruhigt sich nur, wenn Fräulein Doktor ihn begleitet.

INSPEKTOR Und vor drei Monaten mußte Fräulein Doktor mit Newton Schach spielen, damit sich der beruhigen konnte. Darauf gehe ich nicht mehr ein,[47] Oberschwester Marta. Ich muß die Chefärztin einfach sprechen. 5

OBERSCHWESTER Bitte. Dann warten Sie eben.[48]

INSPEKTOR Wie lange dauert das Gegeige[49] noch?

OBERSCHWESTER Eine Viertelstunde, eine Stunde. Je nach dem.[50] 10

Der Inspektor beherrscht sich.

INSPEKTOR Schön. Ich warte.

Er brüllt.

INSPEKTOR Ich warte!

BLOCHER Wir wären fertig,[51] Herr Inspektor. 15

INSPEKTOR *dumpf:* Und mich macht man fertig.[52]

Stille. Der Inspektor wischt sich den Schweiß ab.

INSPEKTOR Ihr könnt die Leiche hinausschaffen.

BLOCHER Jawohl, Herr Inspektor.

OBERSCHWESTER Ich zeige den Herren den Weg durch den Park in die Kapelle. 20

Sie öffnet die Flügeltüre. Die Leiche wird hinausgetragen. Ebenso die Instrumente. Der Inspektor nimmt den Hut ab, setzt sich erschöpft auf den Sessel links vom Sofa. Immer noch Geigenspiel, Klavierbegleitung. Da kommt aus Zimmer Nummer 3 Herbert Georg Beutler in einem Kostüm des beginnenden achtzehnten Jahrhunderts mit Perücke. 25

47 *Darauf . . . ein* I will never again be taken in by that
48 *Dann . . . eben* Well, wait then, if you must
49 *das Gegeige* (coll.) the fiddling
50 *Je nach dem* All depends
51 *Wir . . . fertig* We have finished (Or: We are done with it)
52 *Und . . . fertig* And I, I am being finished (off) (Or: And I, I am done in)

Hildegard Steinmetz

NEWTON Sir Isaak Newton.
INSPEKTOR Kriminalinspektor Richard Voß.

Er bleibt sitzen.

NEWTON Erfreut. Sehr erfreut. Wirklich. Ich hörte Gepolter, Stöhnen, Röcheln, dann Menschen kommen und gehen. Darf ich fragen, was sich hier abspielt? 5
INSPEKTOR Schwester Irene Straub wurde erdrosselt.
NEWTON Die Landesmeisterin des nationalen Judoverbandes?
INSPEKTOR Die Landesmeisterin.
NEWTON Schrecklich. 10
INSPEKTOR Von Ernst Heinrich Ernesti.
NEWTON Aber der geigt doch.
INSPEKTOR Er muß sich beruhigen.
NEWTON Der Kampf wird ihn auch angestrengt haben.[53] Er ist ja eher schmächtig. Womit hat er—? 15
INSPEKTOR Mit der Schnur der Stehlampe.
NEWTON Mit der Schnur der Stehlampe. Auch eine Möglichkeit. Dieser Ernesti. Er tut mir leid. Außerordentlich. Und auch die Judomeisterin tut mir leid. Sie gestatten. Ich muß etwas aufräumen. 20
INSPEKTOR Bitte. Der Tatbestand ist aufgenommen.[54]

Newton stellt den Tisch, dann die Stühle auf.

NEWTON Ich ertrage Unordnung nicht. Ich bin eigentlich nur Physiker aus Ordnungsliebe geworden.

Er stellt die Stehlampe auf. 25

NEWTON Um die scheinbare Unordnung in der Natur auf eine höhere Ordnung zurückzuführen.

Er zündet sich eine Zigarette an.

NEWTON Stört es Sie, wenn ich rauche?
INSPEKTOR *freudig:* Im Gegenteil, ich— 30

53 *Der Kampf . . . haben* The struggle must have exhausted him
54 *Der Tatbestand ist aufgenommen* The physical evidence has been collected

Er will sich eine Zigarette aus dem Etui nehmen.

NEWTON Entschuldigen Sie, doch weil wir gerade von Ordnung gesprochen haben: Hier dürfen nur die Patienten rauchen und nicht die Besucher. Sonst wäre gleich der ganze Salon verpestet. 5

INSPEKTOR Verstehe.

Er steckt sein Etui wieder ein.

NEWTON Stört es Sie, wenn ich ein Gläschen Kognak—?

INSPEKTOR Durchaus nicht.

Newton holt hinter dem Kamingitter eine Kognakflasche und ein Glas hervor. 10

NEWTON Dieser Ernesti. Ich bin ganz durcheinander. Wie kann ein Mensch nur eine Krankenschwester erdrosseln![55]

Er setzt sich aufs Sofa, schenkt sich Kognak ein. 15

INSPEKTOR Dabei haben Sie ja auch eine Krankenschwester erdrosselt.[56]

NEWTON Ich?

INSPEKTOR Schwester Dorothea Moser.

NEWTON Die Ringerin? 20

INSPEKTOR Am zwölften August. Mit der Vorhangkordel.

NEWTON Aber das ist doch etwas ganz anderes, Herr Inspektor. Ich bin schließlich nicht verrückt. Auf ihr Wohl.

INSPEKTOR Auf das Ihre.

Newton trinkt. 25

NEWTON Schwester Dorothea Moser. Wenn ich so zurückdenke.[57] Strohblond. Ungemein kräftig. Biegsam trotz ihrer Körperfülle. Sie liebte mich und ich liebte sie. Das Dilemma war nur durch eine Vorhangkordel zu lösen. 30

55 *Wie kann . . . erdrosseln!* How can a (decent) human being strangle a nurse!
56 *Dabei . . . erdrosselt* Well, you yourself have strangled a nurse
57 *Wenn . . . zurückdenke* As I reminisce, how vividly she stands before me

INSPEKTOR Dilemma?

NEWTON Meine Aufgabe besteht darin, über die Gravitation nachzudenken, nicht ein Weib zu lieben.

INSPEKTOR Begreife.

NEWTON Dazu kam noch der enorme Altersunterschied.[58] 5

INSPEKTOR Sicher. Sie müssen ja weit über zweihundert Jahre alt sein.

Newton starrt ihn verwundert an.

NEWTON Wieso?

INSPEKTOR Nun, als Newton— 10

NEWTON Sind Sie nun vertrottelt, Herr Inspektor, oder tun Sie nur so?[59]

INSPEKTOR Hören Sie—

NEWTON Sie glauben wirklich, ich sei Newton?

INSPEKTOR Sie glauben es ja. 15

Newton schaut sich mißtrauisch um.

NEWTON Darf ich Ihnen ein Geheimnis anvertrauen, Herr Inspektor?

INSPEKTOR Selbstverständlich.

NEWTON Ich bin nicht Sir Isaak. Ich gebe mich nur als Newton aus. 20

INSPEKTOR Und weshalb?

NEWTON Um Ernesti nicht zu verwirren.

INSPEKTOR Kapiere[60] ich nicht.

NEWTON Im Gegensatz zu mir ist doch Ernesti wirklich krank. Er bildet sich ein, Albert Einstein zu sein. 25

INSPEKTOR Was hat das mit Ihnen zu tun?

NEWTON Wenn Ernesti nun erführe, daß ich in Wirklichkeit Albert Einstein bin, wäre der Teufel los.[61]

INSPEKTOR Sie wollen damit sagen— 30

58 *Dazu . . . Altersunterschied* In addition, there was the enormous age difference
59 *oder . . . so?* or are you just putting it on?
60 *Kapiere* (slang) = *verstehe*
61 *wäre . . . los* all hell would break lose

NEWTON Jawohl. Der berühmte Physiker und Begründer der Relativitätstheorie bin ich. Geboren am 14. März 1879 in Ulm.

Der Inspektor erhebt sich etwas verwirrt.

INSPEKTOR Sehr erfreut. 5

Newton erhebt sich ebenfalls.

NEWTON Nennen Sie mich einfach Albert.
INSPEKTOR Und Sie mich Richard.

Sie schütteln sich die Hände.

NEWTON Ich darf Ihnen versichern, daß ich die Kreutzersonate bei weitem schwungvoller hinunterfiedeln würde als Ernst Heinrich Ernesti eben.[62] Das Andante spielt er doch einfach barbarisch. 10
INSPEKTOR Ich verstehe nichts von Musik.
NEWTON Setzen wir uns. 15

Er zieht ihn aufs Sofa. Newton legt den Arm um die Schulter des Inspektors.

NEWTON Richard.
INSPEKTOR Albert?
NEWTON Nicht wahr, Sie ärgern sich, mich nicht verhaften zu dürfen? 20
INSPEKTOR Aber Albert.
NEWTON Möchten Sie mich verhaften, weil ich die Krankenschwester erdrosselt oder weil ich die Atombombe ermöglicht habe? 25
INSPEKTOR Aber Albert.
NEWTON Wenn Sie da neben der Türe den Schalter drehen, was geschieht, Richard?
INSPEKTOR Das Licht geht an.
NEWTON Sie stellen einen elektrischen Kontakt her. Verstehen Sie etwas von Elektrizität, Richard? 30

62 *daß . . . eben* that I would fiddle through the Kreutzersonata much more zestfully than Ernesti is doing just now

INSPEKTOR Ich bin kein Physiker.

NEWTON Ich verstehe auch wenig von ihr. Ich stelle nur auf Grund von Naturbeobachtungen eine Theorie über sie auf. Diese Theorie schreibe ich in der Sprache der Mathematik nieder und erhalte mehrere Formeln. Dann kommen die Techniker. Sie kümmern sich nur noch um die Formeln. Sie gehen mit der Elektrizität um wie der Zuhälter mit der Dirne.[63] Sie nützen sie aus. Sie stellen Maschinen her, und brauchbar ist eine Maschine erst dann, wenn sie von der Erkenntnis unabhängig geworden ist, die zu ihrer Erfindung führte. So vermag heute jeder Esel eine Glühbirne zum Leuchten zu bringen[64]—oder eine Atombombe zur Explosion.

Er klopft dem Inspektor auf die Schulter.

NEWTON Und nun wollen Sie mich dafür verhaften, Richard. Das ist nicht fair.

INSPEKTOR Ich will Sie doch gar nicht verhaften, Albert.

NEWTON Nur weil Sie mich für verrückt halten. Aber warum weigern Sie sich nicht, Licht anzudrehen, wenn Sie von Elektrizität nichts verstehen? Sie sind hier der Kriminelle, Richard. Doch nun muß ich meinen Kognak versorgen, sonst tobt die Oberschwester Marta Boll.

Newton versteckt die Kognakflasche wieder hinter dem Kaminschirm, läßt jedoch das Glas stehen.

NEWTON Leben Sie wohl.

INSPEKTOR Leben Sie wohl, Albert.

NEWTON Sie sollten sich selber verhaften, Richard!

Er verschwindet wieder im Zimmer Nummer 3.

INSPEKTOR Jetzt rauche ich einfach.[65]

63 *Sie . . . Dirne* They treat electricity the way a procurer treats a prostitute
64 *So . . . bringen* Thus any fool is capable nowadays of making a bulb light up
65 *Jetzt . . . einfach* Now I will smoke, no matter what

Hildegard Steinmetz

Er nimmt kurzentschlossen eine Zigarre aus einem Etui, zündet sie an, raucht. Durch die Flügeltüre kommt Blocher.

BLOCHER Wir sind fahrbereit, Herr Inspektor.

Der Inspektor stampft auf den Boden. 5

INSPEKTOR Ich warte! Auf die Chefärztin!

BLOCHER Jawohl, Herr Inspektor.

Der Inspektor beruhigt sich, brummt.

INSPEKTOR Kehr mit der Mannschaft in die Stadt zurück, Blocher. Ich komme dann nach. 10

BLOCHER Zu Befehl, Herr Inspektor.

Blocher ab.

Der Inspektor pafft vor sich hin, erhebt sich, stapft trotzig im Salon herum, bleibt vor dem Porträt über dem Kamin stehen, betrachtet es. Inzwischen hat das 15 *Geigen und Klavierspiel aufgehört. Die Türe von Zimmer Nummer 2 öffnet sich und Fräulein Doktor Mathilde von Zahnd kommt heraus. Bucklig, etwa fünfundfünfzig, weißer Ärztemantel, Stethoskop.*

FRL. DOKTOR Mein Vater, Geheimrat August von Zahnd. Er hauste 20 in dieser Villa, bevor ich sie in ein Sanatorium umwandelte. Ein großer Mann, ein wahrer Mensch. Ich bin sein einziges Kind. Er haßte mich wie die Pest, er haßte überhaupt alle Menschen wie die Pest. Wohl mit Recht, als Wirtschaftsführer taten sich 25 ihm menschliche Abgründe auf,[66] die uns Psychiatern auf ewig verschlossen sind. Wir Irrenärzte bleiben nun einmal hoffnungslos romantische Philanthropen.

INSPEKTOR Vor drei Monaten hing ein anderes Porträt hier.

FRL. DOKTOR Mein Onkel, der Politiker. Kanzler Joachim von 30 Zahnd.

66 *taten sich . . . auf* he was made aware of the deep abysses in human nature

Sie legt die Partitur auf das Tischchen vor dem Sofa.

FRL. DOKTOR So. Ernesti hat sich beruhigt. Er warf sich aufs Bett und schlief ein. Wie ein glücklicher Bub. Ich kann wieder aufatmen. Ich befürchtete schon, er geige noch die dritte Brahmssonate. 5

Sie setzt sich auf den Sessel links vom Sofa.

INSPEKTOR Entschuldigen Sie, Fräulein Doktor von Zahnd, daß ich hier verbotenerweise rauche, aber—

FRL. DOKTOR Rauchen Sie nur ruhig, Inspektor. Ich benötige auch dringend eine Zigarette, Oberschwester Marta hin oder her.[67] Geben Sie mir Feuer. 10

Er gibt ihr Feuer, sie raucht.

FRL. DOKTOR Scheußlich. Die arme Schwester Irene. Ein blitzsauberes, junges Ding.[68]

Sie bemerkt das Glas. 15

FRL. DOKTOR Newton?

INSPEKTOR Ich hatte das Vergnügen.[69]

FRL. DOKTOR Ich räume das Glas besser ab.[70]

Der Inspektor kommt ihr zuvor und stellt das Glas hinter das Kamingitter. 20

FRL. DOKTOR Wegen der Oberschwester.

INSPEKTOR Verstehe.

FRL. DOKTOR Sie haben sich mit Newton unterhalten?

INSPEKTOR Ich entdeckte etwas.

Er setzt sich aufs Sofa. 25

FRL. DOKTOR Gratuliere.

INSPEKTOR Newton hält sich in Wirklichkeit auch für Einstein.

67 *Oberschwester . . . her* Never mind the head nurse
68 *Ein . . . Ding* A sweet, young thing
69 *Ich . . . Vergnügen* I had the pleasure (silently understood: to meet him)
70 *Ich . . . ab* I had better remove the glass

FRL. DOKTOR Das erzählt er jedem. In Wahrheit hält er sich aber doch für Newton.

INSPEKTOR *verblüfft:* Sind Sie sicher?

FRL. DOKTOR Für wen sich meine Patienten halten, bestimme ich. Ich kenne sie weitaus besser als sie sich selber kennen. 5

INSPEKTOR Möglich. Dann sollten Sie uns aber auch helfen, Fräulein Doktor. Die Regierung reklamiert.

FRL. DOKTOR Der Staatsanwalt?

INSPEKTOR Tobt. 10

FRL. DOKTOR Wie wenn das meine Sorge wäre, Voß.

INSPEKTOR Zwei Morde—

FRL. DOKTOR Bitte, Inspektor.

INSPEKTOR Zwei Unglücksfälle. In drei Monaten. Sie müssen zugeben, daß die Sicherheitsmaßnahmen in Ihrer 15 Anstalt ungenügend sind.

FRL. DOKTOR Wie stellen Sie sich denn diese Sicherheitsmaßnahmen vor, Inspektor? Ich leite eine Heilanstalt, nicht ein Zuchthaus. Sie können schließlich die Mörder auch nicht einsperren, bevor sie morden. 20

INSPEKTOR Es handelt sich nicht um Mörder, sondern um Verrückte, und die können eben jederzeit morden.

FRL. DOKTOR Gesunde auch und bedeutend öfters. Wenn ich nur an meinen Großvater Leonidas von Zahnd denke, an den Generalfeldmarshall mit seinem verlorenen 25 Krieg. In welchem Zeitalter leben wir denn? Hat die Medizin Fortschritte gemacht oder nicht? Stehen uns neue Mittel zur Verfügung oder nicht, Drogen, die noch aus den Tobsüchtigsten sanfte Lämmer machen? Sollen wir die Kranken wieder in Einzelzellen sper- 30 ren, womöglich noch in Netze mit Boxhandschuhen wie früher?[71] Wie wenn wir nicht im Stande wären, gefährliche und ungefährliche Patienten zu unterscheiden.

71 *womöglich . . . früher?* perhaps even in nets and with boxing gloves on as (was done) formerly?

Hildegard Steinmetz

INSPEKTOR Dieses Unterscheidungsvermögen versagte jedenfalls bei Beutler und Ernesti kraß.

FRL. DOKTOR Leider. *Das* beunruhigt mich und nicht Ihr tobender Staatsanwalt.

Aus Zimmer Nummer 2 kommt Einstein mit seiner Geige. Hager, schlohweiße lange Haare, Schnurrbart. 5

EINSTEIN Ich bin aufgewacht.

FRL. DOKTOR Aber, Professor.

EINSTEIN Geigte ich schön?

FRL. DOKTOR Wundervoll, Professor. 10

EINSTEIN Ist Schwester Irene Straub—

FRL. DOKTOR Denken Sie nicht mehr daran, Professor.

EINSTEIN Ich gehe wieder schlafen.

FRL. DOKTOR Das ist lieb, Professor.

Einstein zieht sich wieder auf sein Zimmer zurück. Der Inspektor ist aufgesprungen. 15

INSPEKTOR Das war er also!

FRL. DOKTOR Ernst Heinrich Ernesti.

INSPEKTOR Der Mörder—

FRL. DOKTOR Bitte, Inspektor. 20

INSPEKTOR Der Täter, der sich für Einstein hält. Wann wurde er eingeliefert?

FRL. DOKTOR Vor zwei Jahren.

INSPEKTOR Und Newton?

FRL. DOKTOR Vor einem Jahr. 25

FRL. DOKTOR Beide unheilbar. Voß, ich bin, weiß Gott, in meinem Métier[72] keine Anfängerin, das ist Ihnen bekannt, und dem Staatsanwalt auch, er hat meine Gutachten immer geschätzt. Mein Sanatorium ist weltbekannt und entsprechend teuer. Fehler kann ich mir nicht 30 leisten und Vorfälle, die mir die Polizei ins Haus bringen, schon gar nicht. Wenn hier jemand versagte, so ist es die Medizin, nicht ich. Diese Un-

72 *in meinem Métier* (French) in my job, profession

glücksfälle waren nicht vorauszusehen, ebenso gut könnten Sie oder ich Krankenschwestern erdrosseln. Es gibt medizinisch keine Erklärung für das Vorgefallene. Es sei denn—

Sie hat sich eine neue Zigarette genommen. Der Inspektor gibt ihr Feuer. 5

FRL. DOKTOR Inspektor. Fällt Ihnen nichts auf?
INSPEKTOR Inwiefern?
FRL. DOKTOR Denken Sie an die beiden Kranken.
INSPEKTOR Nun? 10
FRL. DOKTOR Beide sind Physiker. Kernphysiker.
INSPEKTOR Und?
FRL. DOKTOR Sie sind wirklich ein Mensch ohne besonderen Argwohn, Inspektor.

Der Inspektor denkt nach. 15

INSPEKTOR Fräulein Doktor.
FRL. DOKTOR Voß?
INSPEKTOR Sie glauben —?
FRL. DOKTOR Beide untersuchten radioaktive Stoffe.
INSPEKTOR Sie vermuten einen Zusammenhang? 20
FRL. DOKTOR Ich stelle nur fest,[73] das ist alles. Beide werden wahnsinnig, bei beiden verschlimmert sich die Krankheit, beide werden gemeingefährlich,[74] beide erdrosseln Krankenschwestern.
INSPEKTOR Sie denken an eine — Veränderung des Gehirns durch Radioaktivität? 25
FRL. DOKTOR Ich muß diese Möglichkeit leider ins Auge fassen.

Der Inspektor sieht sich um.

INSPEKTOR Wohin führt diese Türe?
FRL. DOKTOR In die Halle, in den grünen Salon, zum oberen Stock. 30
INSPEKTOR Wie viele Patienten befinden sich noch hier?
FRL. DOKTOR Drei.

73 *Ich . . . fest* I am simply ascertaining a fact
74 *beide . . . gemeingefährlich* both of them are becoming public menaces

INSPEKTOR Nur?

FRL. DOKTOR Die übrigen wurden gleich nach dem ersten Unglücksfall in das neue Haus übergesiedelt. Ich hatte mir den Neubau zum Glück rechtzeitig leisten können. Reiche Patienten und auch meine Verwandten steuerten bei. Indem sie ausstarben. Meistens hier. Ich war dann Alleinerbin. Schicksal, Voß. Ich bin immer Alleinerbin. Meine Familie ist so alt, daß es beinahe einem kleinen medizinischen Wunder gleichkommt, wenn ich relativ für normal gelten darf,[75] ich meine, was meinen Geisteszustand betrifft.

Der Inspektor überlegt.

INSPEKTOR Der dritte Patient?

FRL. DOKTOR Ebenfalls ein Physiker.

INSPEKTOR Merkwürdig. Finden Sie nicht?

FRL. DOKTOR Finde ich gar nicht. Ich sortiere. Die Schriftsteller zu den Schriftstellern, die Großindustriellen zu den Großindustriellen, die Millionärinnen zu den Millionärinnen und die Physiker zu den Physikern.

INSPEKTOR Name?

FRL. DOKTOR Johann Wilhelm Möbius.

INSPEKTOR Hatte auch er mit Radioaktivität zu tun?

FRL. DOKTOR Nichts.

INSPEKTOR Könnte auch er —?

FRL. DOKTOR Er ist seit fünfzehn Jahren hier, harmlos, und sein Zustand blieb unverändert.

INSPEKTOR Fräulein Doktor. Sie kommen nicht darum herum. Der Staatsanwalt verlangt für Ihre Physiker kategorisch Pfleger.

FRL. DOKTOR Er soll sie haben.

Der Inspektor greift nach seinem Hut.

INSPEKTOR Schön, es freut mich, daß Sie das einsehen. Ich war nun zweimal in Les Cerisiers, Fräulein Doktor von Zahnd. Ich hoffe nicht, noch einmal aufzutauchen.

75 *wenn . . . darf* if I may pass for relatively normal

Er setzt sich den Hut auf und geht links durch die Flügeltüre auf die Terrasse und entfernt sich durch den Park. Fräulein Doktor Mathilde von Zahnd sieht ihm nachdenklich nach. Von rechts kommt die Oberschwester Marta Boll, stutzt, schnuppert. In der Hand ein Dossier. 5

OBERSCHWESTER Bitte, Fräulein Doktor —

FRL. DOKTOR Oh. Entschuldigen Sie.

Sie drückt die Zigarette aus.

FRL. DOKTOR Ist Schwester Irene Straub aufgebahrt? 10

OBERSCHWESTER Unter der Orgel.

FRL. DOKTOR Stellt Kerzen um sie und Kränze.

OBERSCHWESTER Ich habe dem Blumen-Feuz[76] schon angeläutet.

FRL. DOKTOR Wie geht es meiner Tante Senta?

OBERSCHWESTER Unruhig. 15

FRL. DOKTOR Dosis verdoppeln. Dem Vetter Ulrich?

OBERSCHWESTER Stationär.

FRL. DOKTOR Oberschwester Marta Boll: Ich muß mit einer Tradition von Les Cerisiers leider Schluß machen. Ich habe bis jetzt nur Krankenschwestern angestellt, morgen 20 übernehmen Pfleger die Villa.

OBERSCHWESTER Fräulein Doktor Mathilde von Zahnd: Ich lasse mir meine drei Physiker nicht rauben.[77] Sie sind meine interessantesten Fälle.

FRL. DOKTOR Mein Entschluß ist endgültig. 25

OBERSCHWESTER Ich bin nur neugierig, woher Sie die Pfleger nehmen. Bei der heutigen Überbeschäftigung.

FRL. DOKTOR Das lassen Sie meine Sorge sein. Ist die Möbius gekommen?[78]

OBERSCHWESTER Sie wartet im grünen Salon. 30

FRL. DOKTOR Ich lasse bitten.[79]

76 *Blumen-Feuz* (name of florist's)
77 *Ich . . . rauben* I will not have my three physicists taken away from me
78 *Ist . . . gekommen?* Has the Möbius woman arrived?
79 *Ich . . . bitten* Show her in

OBERSCHWESTER Die Krankheitsgeschichte Möbius.

FRL. DOKTOR Danke.

Die Oberschwester übergibt ihr das Dossier, geht dann zur Türe rechts hinaus, kehrt sich jedoch vorher noch einmal um. 5

OBERSCHWESTER Aber —

FRL. DOKTOR Bitte, Oberschwester Marta, bitte.

Oberschwester ab. Frl. Doktor von Zahnd öffnet das Dossier, studiert es am runden Tisch. Von rechts führt die Oberschwester Frau Rose sowie drei Knaben 10 *von vierzehn, fünfzehn und sechzehn Jahren herein. Der Älteste trägt eine Mappe. Den Schluß bildet Missionar Rose. Frl. Doktor erhebt sich.*

FRL. DOKTOR Meine liebe Frau Möbius —

FRAU ROSE Rose. Frau Missionar Rose. Ich muß Sie ganz grau- 15 sam überraschen, Fräulein Doktor, aber ich habe vor drei Wochen Missionar Rose geheiratet. Vielleicht etwas eilig, wir lernten uns im September an einer Tagung kennen.

Sie errötet und weist etwas unbeholfen auf ihren 20 *neuen Mann.*

FRAU ROSE Oskar war Witwer.

Frl. Doktor schüttelt ihr die Hand.

FRL. DOKTOR Gratuliere, Frau Rose, gratuliere von ganzem Herzen. Und auch Ihnen, Herr Missionar, alles Gute. 25

Sie nickt ihm zu.

FRAU ROSE Sie verstehen unseren Schritt?[80]

FRL. DOKTOR Aber natürlich, Frau Rose. Das Leben hat weiterzublühen.[81]

80 *Sie . . . Schritt?* You understand (sympathize with) our action?
81 *Das Leben hat weiterzublühen* Life must continue to blossom

MISSIONAR ROSE Wie still es hier ist! Wie freundlich. Ein wahrer Gottesfriede waltet in diesem Hause, so recht nach dem Psalmwort:[82] Denn der Herr hört die Armen und verachtet seine Gefangenen nicht.[83]

FRAU ROSE Oskar ist nämlich ein guter Prediger, Fräulein Doktor. 5

Sie errötet.

FRAU ROSE Meine Buben.

FRL. DOKTOR Grüß Gott, ihr Buben.

DIE DREI BUBEN Grüß Gott, Fräulein Doktor. 10

Der Jüngste hat etwas vom Boden aufgenommen.

JÖRG-LUKAS Eine Lampenschnur, Fräulein Doktor. Sie lag auf dem Boden.

FRL. DOKTOR Danke, mein Junge. Prächtige Buben, Frau Rose. Sie dürfen mit Vertrauen in die Zukunft blicken. 15

Frau Missionar Rose setzt sich aufs Sofa rechts, Frl. Doktor an den Tisch links. Hinter dem Sofa die drei Buben, auf dem Sessel rechts außen Missionar Rose.

FRAU ROSE Fräulein Doktor, ich bringe meine Buben nicht grundlos mit. Oskar übernimmt eine Missionsstation 20 auf den Marianen.

MISSIONAR ROSE Im Stillen Ozean.

FRAU ROSE Und ich halte es für schicklich, wenn meine Buben vor der Abreise ihren Vater kennenlernen. Zum ersten und letzten Mal. Sie waren ja noch klein, als 25 er krank wurde und nun heißt es vielleicht Abschied für immer zu nehmen.

FRL. DOKTOR Frau Rose, vom ärztlichen Standpunkte aus mögen sich zwar einige Bedenken melden, aber menschlich finde ich Ihren Wunsch begreiflich und gebe die Be- 30 willigung zu diesem Familientreffen gern.

82 *so . . . Psalmwort* exactly as the Psalm says
83 *Denn . . . nicht* (See *Psalms,* 69:34.)

FRAU ROSE Wie geht es meinem Johann Wilhelmlein?

Frl. Doktor blättert im Dossier.

FRL. DOKTOR Unser guter Möbius macht weder Fort-, noch Rückschritte, Frau Rose. Er puppt sich in seine Welt ein.

FRAU ROSE Behauptet er immer noch, daß ihm der König Salomo erscheine? 5

FRL. DOKTOR Immer noch.

MISSIONAR ROSE Eine traurige, beklagenswerte Verirrung.

FRL. DOKTOR Ihr strammes Urteil[84] erstaunt mich ein wenig, Herr Missionar Rose. Als Theologe müssen Sie doch im- 10 merhin mit der Möglichkeit eines Wunders rechnen.

MISSIONAR ROSE Selbstverständlich — aber doch nicht bei einem Geisteskranken.

FRL. DOKTOR Ob die Erscheinungen, welche die Geisteskranken wahrnehmen, wirklich sind oder nicht, darüber hat 15 die Psychiatrie, mein lieber Missionar Rose, nicht zu urteilen. Sie hat sich ausschließlich um den Zustand des Gemüts und der Nerven zu kümmern und da steht's bei unserem braven Möbius traurig genug,[85] wenn auch die Krankheit einen milden Verlauf 20 nimmt. Helfen? Mein Gott! Eine Insulinkur wäre wieder einmal fällig gewesen, gebe ich zu, doch weil die anderen Kuren erfolglos verlaufen sind, ließ ich sie bleiben. Ich kann leider nicht zaubern, Frau Rose, und unseren braven Möbius gesund päppeln, aber 25 quälen will ich ihn auch nicht.

FRAU ROSE Weiß er, daß ich mich — ich meine, weiß er von der Scheidung?

FRL. DOKTOR Er ist informiert.

FRAU ROSE Begriff er? 30

FRL. DOKTOR Er interessiert sich kaum mehr für die Außenwelt.

FRAU ROSE Fräulein Doktor. Verstehen Sie mich recht. Ich bin fünf Jahre älter als Johann Wilhelm. Ich lernte ihn

84 *Ihr . . . Urteil* your rigorous (snappy) judgment
85 *da . . . genug* in this respect things are not going too well for our poor Möbius

als fünfzehnjährigen Gymnasiasten im Hause meines Vaters kennen, wo er eine Mansarde gemietet hatte. Er war ein Waisenbub und bitter arm. Ich ermöglichte ihm das Abitur[86] und später das Studium der Physik. An seinem zwanzigsten Geburtstag haben wir geheiratet. Gegen den Willen meiner Eltern. Wir arbeiteten Tag und Nacht. Er schrieb seine Dissertation und ich übernahm eine Stelle in einem Transportgeschäft. Vier Jahre später kam Adolf-Friedrich, unser Ältester und dann die beiden andern Buben. Endlich stand eine Professur in Aussicht,[87] wir glaubten aufatmen zu dürfen, da wurde Johann Wilhelm krank und sein Leiden verschlang Unsummen.[88] Ich trat in eine Schokoladefabrik ein, meine Familie durchzubringen. Bei Tobler.[89] 5 10 15

Sie wischt sich still eine Träne ab.

FRAU ROSE Ein Leben lang mühte ich mich ab.

Alle sind ergriffen.

FRL. DOKTOR Frau Rose, Sie sind eine mutige Frau.
MISSIONAR ROSE Und eine gute Mutter. 20
FRAU ROSE Fräulein Doktor. Ich habe bis jetzt Johann Wilhelm den Aufenthalt in Ihrer Anstalt ermöglicht. Die Kosten gingen weit über meine Mittel, aber Gott half immer wieder. Doch nun bin ich finanziell erschöpft. Ich bringe das zusätzliche Geld nicht mehr auf. 25
FRL. DOKTOR Begreiflich, Frau Rose.
FRAU ROSE Ich fürchte, Sie glauben nun, ich hätte Oskar nur geheiratet, um nicht mehr für Johann Wilhelm aufkommen zu müssen, Fräulein Doktor. Aber das

86 *das Abitur* the diploma (awarded to those students who at the end of the *Gymnasium*—a public "Prep School"—successfully pass a rigid examination for study at any university)
87 *Endlich . . . Aussicht* At long last a professorship was in the offing
88 *sein . . . Unsummen* his illness absorbed enormous sums
89 *Tobler* (a well-known Swiss chocolate firm)

stimmt nicht. Ich habe es jetzt noch schwerer. Oskar bringt sechs Buben in die Ehe mit.

FRL. DOKTOR Sechs?

MISSIONAR ROSE Sechs.

FRAU ROSE Oskar ist ein leidenschaftlicher Vater.[90] Doch nun sind neun Kinder zu füttern und Oskar ist durchaus nicht robust, seine Besoldung kärglich. 5

Sie weint.

FRL. DOKTOR Nicht doch, Frau Rose, nicht doch. Keine Tränen.[91]

FRAU ROSE Ich mache mir die heftigsten Vorwürfe, mein armes Johann Wilhelmlein im Stich gelassen zu haben. 10

FRL. DOKTOR Frau Rose! Sie brauchen sich nicht zu grämen.

FRAU ROSE Johann Wilhelmlein wird jetzt sicher in einer staatlichen Heilanstalt interniert.

FRL. DOKTOR Aber nein, Frau Rose. Unser braver Möbius bleibt hier in der Villa. Ehrenwort. Er hat sich eingelebt und liebe, nette Kollegen gefunden. Ich bin schließlich kein Unmensch. 15

FRAU ROSE Sie sind so gut zu mir, Fräulein Doktor.

FRL. DOKTOR Gar nicht, Frau Rose, gar nicht. Es gibt nur Stiftungen. Der Oppelfond für kranke Wissenschaftler, die Doktor-Steinemann-Stiftung. Geld liegt wie Heu herum, und es ist meine Pflicht als Ärztin, Ihrem Johann Wilhelmlein davon etwas zuzuschaufeln.[92] Sie sollen mit einem guten Gewissen nach den Marianen dampfen dürfen. Aber nun wollen wir doch unseren guten Möbius mal herholen. 20 25

Sie geht nach dem Hintergrund und öffnet Türe Nummer 1. Frau Rose erhebt sich aufgeregt.

FRL. DOKTOR Lieber Möbius. Sie erhielten Besuch. Verlassen Sie Ihre Physikerklause und kommen Sie. 30

90 *Oskar . . . Vater* Oscar is a passionate (i.e. enthusiastic) father (Observe the ironic double meaning of the adjective.)

91 *nicht doch. Keine Tränen* Please, don't cry!

92 *Ihrem . . . zuzuschaufeln* to let your good Johann Wilhelm have some of it (lit. to shovel some of it in the direction of . . .)

Aus dem Zimmer Nummer 1 kommt Johann Wilhelm Möbius, ein vierzigjähriger, etwas unbeholfener Mensch. Er schaut sich unsicher im Zimmer um, betrachtet Frau Rose, dann die Buben, endlich Herrn Missionar Rose, scheint nichts zu begreifen, schweigt. 5

FRAU ROSE Johann Wilhelm.

DIE BUBEN Papi.

Möbius schweigt.

FRL. DOKTOR Mein braver Möbius, Sie erkennen mir doch noch Ihre Gattin wieder, hoffe ich.[93] 10

Möbius starrt Frau Rose an.

MÖBIUS Lina?

FRL. DOKTOR Es dämmert, Möbius. Natürlich ist es Ihre Lina.

MÖBIUS Grüß dich, Lina.

FRAU ROSE Johann Wilhelmlein, mein liebes, liebes Johann Wilhelmlein. 15

FRL. DOKTOR So. Es wäre geschafft.[94] Frau Rose, Herr Missionar, wenn Sie mich noch zu sprechen wünschen, stehe ich drüben im Neubau zur Verfügung.

Sie geht durch die Flügeltüre links ab. 20

FRAU ROSE Deine Buben, Johann Wilhelm.

Möbius stutzt.

MÖBIUS Drei?

FRAU ROSE Aber natürlich, Johann Wilhelm. Drei.

Sie stellt ihm die Buben vor. 25

FRAU ROSE Adolf-Friedrich, dein Ältester.

Möbius schüttelt ihm die Hand.

MÖBIUS Freut mich, Adolf-Friedrich, mein Ältester.

93 *Sie . . . ich* Don't tell me you're not recognizing your wife!
94 *Es . . . geschafft* That's done

ADOLF-FRIEDRICH Grüß dich, Papi.

MÖBIUS Wie alt bist du denn, Adolf-Friedrich?

ADOLF-FRIEDRICH Sechzehn, Papi.

MÖBIUS Was willst du werden?

ADOLF-FRIEDRICH Pfarrer, Papi. 5

MÖBIUS Ich erinnere mich. Ich führte dich einmal an der Hand über den Sankt-Josephsplatz. Die Sonne schien grell und die Schatten waren wie abgezirkelt.[95]

Möbius wendet sich zum nächsten.

MÖBIUS Und du — du bist? 10

WILFRIED-KASPAR Ich heiße Wilfried-Kaspar, Papi.

MÖBIUS Vierzehn?

WILFRIED-KASPAR Fünfzehn. Ich möchte Philosophie studieren.

MÖBIUS Philosophie?

FRAU ROSE Ein besonders frühreifes Kind. 15

WILFRIED-KASPAR Ich habe Schopenhauer[96] und Nietzsche[97] gelesen.

FRAU ROSE Dein Jüngster, Jörg-Lukas. Vierzehnjährig.

JÖRG-LUKAS Grüß dich, Papi.

MÖBIUS Grüß dich, Jörg-Lukas, mein Jüngster.

FRAU ROSE Er gleicht dir am meisten. 20

JÖRG-LUKAS Ich will ein Physiker werden, Papi.

Möbius starrt seinen Jüngsten erschrocken an.

MÖBIUS Physiker?

JÖRG-LUKAS Jawohl, Papi.

MÖBIUS Das darfst du nicht, Jörg-Lukas. Keinesfalls. Das schlage dir aus dem Kopf. Ich — ich verbiete es dir. 25

Jörg-Lukas ist verwirrt.

JÖRG-LUKAS Aber du bist doch auch ein Physiker geworden, Papi —

95 *die Schatten . . . abgezirkelt* the shadows were finely drawn

96 *Arthur Schopenhauer* (1788-1860) German philosopher whose pessimistic voluntarism is presented with literary skill and clarity in such books as *The World as Will and Idea* (1818) and *Will in Nature* (1836)

97 *Friedrich Wilhelm Nietzsche* (1844-1900) German thinker, poet, and philologist whose Superman creed has given rise to many divergent and often misconceived interpretations

MÖBIUS Ich hätte es nie werden dürfen, Jörg-Lukas. Nie. Ich wäre jetzt nicht im Irrenhaus.

FRAU ROSE Aber Johann Wilhelm, das ist doch ein Irrtum. Du bist in einem Sanatorium, nicht in einem Irrenhaus. Deine Nerven sind einfach angegriffen, das ist alles. 5

Möbius schüttelt den Kopf.

MÖBIUS Nein, Lina. Man hält mich für verrückt. Alle. Auch du. Und auch meine Buben. Weil mir der König Salomo erscheint.

Alle schweigen verlegen. Frau Rose stellt Missionar Rose vor. 10

FRAU ROSE Hier stelle ich dir Oskar Rose vor, Johann Wilhelm. Meinen Mann. Er ist Missionar.

MÖBIUS Dein Mann? Aber ich bin doch dein Mann.

FRAU ROSE Nicht mehr, Johann Wilhelmlein. 15

Sie errötet.

FRAU ROSE Wir sind doch geschieden.

MÖBIUS Geschieden?

FRAU ROSE Das weißt du doch.

MÖBIUS Nein. 20

FRAU ROSE Fräulein Doktor von Zahnd teilte es dir mit. Ganz bestimmt.

MÖBIUS Möglich.

FRAU ROSE Und dann heiratete ich eben Oskar. Er hat sechs Buben. Er war Pfarrer in Guttannen und hat nun eine Stelle auf den Marianen angenommen. 25

MÖBIUS Auf den Marianen?

MISSIONAR ROSE Im Stillen Ozean.

FRAU ROSE Wir schiffen uns übermorgen in Bremen ein.

MÖBIUS Ach so. 30

Er starrt Missionar Rose an. Alle sind verlegen.

FRAU ROSE Ja. So ist es eben.[98]

98 *Ja. . . . eben* Well! That's the way it is

Möbius nickt Missionar Rose zu.

MÖBIUS Es freut mich, den neuen Vater meiner Buben kennenzulernen, Herr Missionar.

MISSIONAR ROSE Ich habe sie fest in mein Herz geschlossen, Herr Möbius, alle drei. Gott wird uns helfen, nach dem Psalmwort: Der Herr ist mein Hirte, mir wird nichts mangeln. 5

FRAU ROSE Oskar kennt alle Psalmen auswendig. Die Psalmen Davids, die Psalmen Salomos.

MÖBIUS Ich bin froh, daß die Buben einen tüchtigen Vater gefunden haben. Ich bin ein ungenügender Vater gewesen. 10

Die drei Buben protestieren.

DIE BUBEN Aber nein, Papi.

MÖBIUS Und auch Lina hat einen würdigeren Gatten gefunden. 15

FRAU ROSE Aber Johann Wilhelmlein.

MÖBIUS Ich gratuliere von ganzem Herzen.

FRAU ROSE Wir müssen bald aufbrechen.

MÖBIUS Nach den Marianen. 20

FRAU ROSE Abschied voneinander nehmen.

MÖBIUS Für immer.

FRAU ROSE Deine Buben sind bemerkenswert musikalisch, Johann Wilhelm. Sie spielen sehr begabt Blockflöte. Spielt eurem Papi zum Abschied etwas vor, Buben. 25

DIE BUBEN Jawohl, Mami.

Adolf-Friedrich öffnet die Mappe, verteilt die Blockflöten.

FRAU ROSE Nimm Platz, Johann Wilhelmlein.

Möbius nimmt am runden Tisch Platz. Frau Rose und Missionar Rose setzen sich aufs Sofa. Die Buben stellen sich in der Mitte des Salons auf. 30

JÖRG-LUKAS Etwas von Buxtehude.[99]

99 *Dietrich Buxtehude* (1637-1707) Swedish composer and organist at Lübeck, who composed chiefly preludes, passacaglias, and fugues for organ

ADOLF-FRIEDRICH Eins, zwei, drei.

Die Buben spielen Blockflöte.

FRAU ROSE Inniger, Buben, inniger.[100]

Die Buben spielen inniger. Möbius springt auf.

MÖBIUS Lieber nicht! Bitte, lieber nicht! 5

Die Buben halten verwirrt inne.

MÖBIUS Spielt nicht weiter. Bitte. Salomo zuliebe. Spielt nicht weiter.

FRAU ROSE Aber Johann Wilhelm!

MÖBIUS Bitte, nicht mehr spielen. Bitte, nicht mehr spielen. 10 Bitte, bitte.

MISSIONAR ROSE Herr Möbius. Gerade der König Salomo wird sich über das Flötenspiel dieser unschuldigen Knaben freuen. Denken Sie doch: Salomo, der Psalmdichter, Salomo, der Sänger des Hohen Liedes![101] 15

MÖBIUS Herr Missionar. Ich kenne Salomo von Angesicht zu Angesicht. Er ist nicht mehr der große goldene König, der Sulamith besingt, und die Rehzwillinge, die unter Rosen weiden,[102] er hat seinen Purpurmantel von sich geworfen, *[Möbius eilt mit einem Male an der* 20 *erschrockenen Familie vorbei nach hinten zu seinem Zimmer und reißt die Türe auf]* nackt und stinkend kauert er in meinem Zimmer als der arme König der Wahrheit, und seine Psalmen sind schrecklich. Hören Sie gut zu, Missionar, Sie lieben Psalmworte, kennen 25 sie alle, lernen Sie auch die auswendig:

Er ist zum runden Tisch links gegangen, kehrt ihn um, steigt in ihn hinein, sitzt in ihn.

100 *Inniger, . . . inniger* With more feelin', boys, with more feelin'
101 *der . . . Liedes!* the poet of the Song of Songs! (also known as the *Song of Solomon* or *Canticles,* in the Old Testament)
102 *Sulamith . . . weiden* (a reference to 4:5 of the *Song of Songs*)

Ein Psalm Salomos, den Weltraumfahrern[103] zu singen

Wir hauten ins Weltall ab
Zu den Wüsten des Monds. Versanken in ihrem Staub 5
Lautlos verreckten
Manche schon da. Doch die meisten verkochten
In den Bleidämpfen des Merkur, lösten sich auf
In den Ölpfützen der Venus und
Sogar auf dem Mars fraß uns die Sonne 10
Donnernd, radioaktiv und gelb

Jupiter stank
Ein pfeilschnell rotierender Methanbrei[104]
Hing er so mächtig über uns
Daß wir Ganymed[105] vollkotzten 15

FRAU ROSE Aber Johann Wilhelm—

MÖBIUS Saturn bedachten wir mit Flüchen
Was dann weiter kam, nicht der Rede wert

Uranus Neptun
Graugrünlich, erfroren 20
Über Pluto und Transpluto[106] fielen die letzten
Unanständigen Witze.

103 *Weltraumfahrern* cosmonauts
104 *Methanbrei* methane mush (Methane or "marsh gas" occurs in abundance naturally and is an important component of Jupiter's atmosphere, beside ammonia.)
105 *Ganymed* Ganymede (in Greek mythology, the beautiful boy seized and abducted by Zeus to be his cup-bearer. Credited in one myth with making the Nile rise, he became identified with the constellation Aquarius.)
106 *Transpluto* (The outermost planet of our solar system, Pluto is still somewhat of a mystery to astronomers. It might have been at one time a "moon" of Neptune. There is some speculation that there may yet be another "escaped" satellite orbiting near Neptune which is perhaps the enigmatic *Transpluto* Dürrenmatt is referring to.)

Hildegard Steinmetz

Hatten wir doch längst die Sonne mit Sirius verwechselt
Sirius[107] mit Kanopus[108]

Abgetrieben trieben wir in die Tiefen hinauf[109]
Einigen weißen Sternen zu 5
Die wir gleichwohl nie erreichten
Längst schon Mumien in unseren Schiffen
Verkrustet von Unflat

In den Fratzen kein Erinnern mehr
An die atmende Erde 10

OBERSCHWESTER Aber, aber Herr Möbius!

Die Oberschwester hat mit Schwester Monika von rechts den Raum betreten. Möbius sitzt starr, das Gesicht maskenhaft, im umgekehrten Tisch.

MÖBIUS Packt euch nun nach den Marianen fort! 15
FRAU ROSE Johann Wilhelmlein —
DIE BUBEN Papi —
MÖBIUS Packt euch fort! Schleunigst! Nach den Marianen!

Er erhebt sich drohend. Die Familie Rose ist verwirrt.

OBERSCHWESTER Kommt, Frau Rose, kommt ihr Buben und Herr Missionar. Er muß sich beruhigen, das ist alles. 20
MÖBIUS Hinaus mit euch! Hinaus!
OBERSCHWESTER Ein leichter Anfall. Schwester Monika wird bei ihm bleiben, wird ihn beruhigen. Ein leichter Anfall.
MÖBIUS Schiebt ab! Für immer! Nach dem Stillen Ozean! 25
JÖRG-LUKAS Adieu Papi! Adieu!

107 *Sirius* (The "dog star," the brightest star in the heavens, is situated in the constellation Canis Major.)
108 *Kanopus* (Canopus, the second brightest star, is situated in the constellation Carina.)
109 *Abgetrieben . . . hinauf* Driven off course, we floated up into the depths (paradox, to suggest the infinity and "bottomless depth" of space)

Die Oberschwester führt die bestürzte und weinende Familie nach rechts hinaus. Möbius schreit ihnen hemmungslos nach.

MÖBIUS Ich will euch nie mehr sehen! Ihr habt den König Salomo beleidigt! Ihr sollt verflucht sein! Ihr sollt mit den ganzen Marianen im Marianengraben versaufen![110] Elftausend Meter tief. Im schwärzesten Loch des Meeres sollt ihr verfaulen, von Gott vergessen und den Menschen! 5

SCHWESTER MONIKA Wir sind allein. Ihre Familie hört Sie nicht mehr. 10

Möbius starrt Schwester Monika verwundert an, scheint sich endlich zu finden.

MÖBIUS Ach so, natürlich.

Schwester Monika schweigt. Er ist etwas verlegen.

MÖBIUS Ich war wohl etwas heftig? 15

SCHWESTER MONIKA Ziemlich.

MÖBIUS Ich mußte die Wahrheit sagen.

SCHWESTER MONIKA Offenbar.

MÖBIUS Ich regte mich auf.

SCHWESTER MONIKA Sie verstellten sich. 20

MÖBIUS Sie durchschauten mich?

SCHWESTER MONIKA Ich pflege Sie nun zwei Jahre.

Er geht auf und ab, bleibt dann stehen.

MÖBIUS Gut. Ich gebe es zu. Ich spielte den Wahnsinnigen.

SCHWESTER MONIKA Weshalb? 25

MÖBIUS Um von meiner Frau Abschied zu nehmen und von meinen Buben. Abschied für immer.

SCHWESTER MONIKA Auf diese schreckliche Weise?

MÖBIUS Auf diese humane Weise. Die Vergangenheit löscht man am besten mit einem wahnsinnigen Betragen 30

110 *Ihr . . . versaufen!* May you drown in the Mariana Trench together with the Mariana Islands! (Mariana Trench: deep trough on the floor of the Western Pacific)

aus, wenn man sich schon im Irrenhaus befindet: Meine Familie kann mich nun mit gutem Gewissen vergessen. Mein Auftritt hat ihr die Lust genommen, mich noch einmal aufzusuchen. Die Folgen meinerseits sind unwichtig, nur das Leben außerhalb der Anstalt zählt. Verrücktsein kostet. Fünfzehn Jahre zahlte meine gute Lina bestialische Summen, ein Schlußstrich mußte endlich gezogen werden. Der Augenblick war günstig. Salomo hat mir offenbart, was zu offenbaren war, das System aller möglichen Erfindungen[111] ist abgeschlossen, die letzten Seiten sind diktiert, und meine Frau hat einen neuen Gatten gefunden, den kreuzbraven[112] Missionar Rose, Sie dürfen beruhigt sein, Schwester Monika. Es ist nun alles in Ordnung.

Er will abgehen.

SCHWESTER MONIKA Sie handelten planmäßig.

MÖBIUS Ich bin Physiker.

Er wendet sich seinem Zimmer zu.

SCHWESTER MONIKA Herr Möbius.

Er bleibt stehen.

MÖBIUS Schwester Monika?

SCHWESTER MONIKA Ich habe mit Ihnen zu reden.

MÖBIUS Bitte.

SCHWESTER MONIKA Es geht um uns beide.

MÖBIUS Nehmen wir Platz.

Sie setzen sich. Sie aufs Sofa, er auf den Sessel links davon.

111 *das System . . . Erfindungen* the System of All Possible Inventions (an oblique reference to an all-encompassing science and technology which might result from some monistic theory such as Einstein's "Unified Field Theory")

112 *kreuzbraven* (somewhat condescending) upright

SCHWESTER MONIKA Auch wir müssen von einander Abschied nehmen. Auch für immer.

Er erschrickt.

MÖBIUS Sie verlassen mich?

SCHWESTER MONIKA Befehl.

MÖBIUS Was ist geschehen?

SCHWESTER MONIKA Man versetzt mich ins Hauptgebäude. Morgen übernehmen hier Pfleger die Bewachung. Eine Krankenschwester darf diese Villa nicht mehr betreten.

MÖBIUS Newtons und Einsteins wegen?

SCHWESTER MONIKA Auf Verlangen des Staatsanwalts. Die Chefärztin befürchtete Schwierigkeiten und gab nach.

Schweigen. Er ist niedergeschlagen.

MÖBIUS Schwester Monika, ich bin unbeholfen. Ich verlernte es, Gefühle auszudrücken, die Fachsimpeleien mit den beiden Kranken, neben denen ich lebe, sind ja kaum Gespräche zu nennen. Ich bin verstummt, ich fürchte, auch innerlich. Doch Sie sollen wissen, daß für mich alles anders geworden ist, seit ich Sie kenne. Erträglicher. Nun, auch diese Zeit ist vorüber. Zwei Jahre, in denen ich etwas glücklicher war als sonst. Weil ich durch Sie, Schwester Monika, den Mut gefunden habe, meine Abgeschlossenheit und mein Schicksal als — Verrückter — auf mich zu nehmen. Leben Sie wohl.

Er steht auf und will ihr die Hand reichen.

SCHWESTER MONIKA Herr Möbius, ich halte Sie nicht für — verrückt.

Möbius lacht, setzt sich wieder.

MÖBIUS Ich mich auch nicht. Aber das ändert nichts an meiner Lage. Ich habe das Pech, daß mir der König Salomo erscheint. Es gibt nun einmal nichts anstößigeres als ein Wunder im Reiche der Wissenschaft.

SCHWESTER MONIKA Herr Möbius, ich glaube an dieses Wunder.

Möbius starrt sie fassungslos an.

MÖBIUS Sie glauben?
SCHWESTER MONIKA An den König Salomo.
MÖBIUS Daß er mir erscheint? 5
SCHWESTER MONIKA Daß er Ihnen erscheint.
MÖBIUS Jeden Tag, jede Nacht?
SCHWESTER MONIKA Jeden Tag, jede Nacht.
MÖBIUS Daß er mir die Geheimnisse der Natur diktiert? Den Zusammenhang aller Dinge? Das System aller mög- 10 lichen Erfindungen?
SCHWESTER MONIKA Ich glaube daran. Und wenn Sie erzählten, auch noch der König David erscheine Ihnen mit seinem Hofstaat, würde ich es glauben. Ich weiß einfach, daß Sie nicht krank sind. Ich fühle es. 15

Stille. Dann springt Möbius auf.

MÖBIUS Schwester Monika! Gehen Sie!

Sie bleibt sitzen.

SCHWESTER MONIKA Ich bleibe.
MÖBIUS Ich will Sie nie mehr sehen. 20
SCHWESTER MONIKA Sie haben mich nötig. Sie haben sonst niemand mehr auf der Welt. Keinen Menschen.
MÖBIUS Es ist tödlich, an den König Salomo zu glauben.
SCHWESTER MONIKA Ich liebe Sie.

Möbius starrt Schwester Monika ratlos an, setzt sich 25 *wieder, Stille.*

MÖBIUS *leise, niedergeschlagen:* Sie rennen in Ihr Verderben.
SCHWESTER MONIKA Ich fürchte nicht für mich, ich fürchte für Sie. Newton und Einstein sind gefährlich.
MÖBIUS Ich komme mit ihnen aus. 30
SCHWESTER MONIKA Auch Schwester Dorothea und Schwester Irene kamen mit ihnen aus. Und dann kamen sie um.[113]

113 *kamen . . . aus. Und . . . um* (Notice the terse play on words, or rather prefixes!)

MÖBIUS Schwester Monika. Sie haben mir Ihren Glauben und Ihre Liebe gestanden. Sie zwingen mich, Ihnen nun auch die Wahrheit zu sagen. Ich liebe Sie ebenfalls, Monika.

Sie starrt ihn an. 5

MÖBIUS Mehr als mein Leben. Und darum sind Sie in Gefahr. Weil wir uns lieben.

Aus Zimmer Nummer 2 kommt Einstein, raucht eine Pfeife.

EINSTEIN Ich bin wieder aufgewacht. 10
SCHWESTER MONIKA Aber Herr Professor.
EINSTEIN Ich erinnerte mich plötzlich.
SCHWESTER MONIKA Aber Herr Professor.
EINSTEIN Ich erdrosselte Schwester Irene.
SCHWESTER MONIKA Denken Sie nicht mehr daran, Herr Professor. 15

Er betrachtet seine Hände.

EINSTEIN Ob ich noch jemals fähig bin, Geige zu spielen?

Möbius erhebt sich, wie um Monika zu schützen.

MÖBIUS Sie geigten ja schon wieder.
EINSTEIN Passabel? 20
MÖBIUS Die Kreutzersonate. Während die Polizei da war.
EINSTEIN Die Kreutzersonate. Gott sei Dank.

Seine Miene hat sich aufgeklärt, verdüstert sich aber wieder.

EINSTEIN Dabei geige ich gar nicht gern[114] und die Pfeife liebe ich auch nicht. Sie schmeckt scheußlich. 25
MÖBIUS Dann lassen Sie es sein.
EINSTEIN Kann ich doch nicht. Als Albert Einstein.

114 *Dabei . . . gern* As a matter of fact, I loathe playing the violin

Er schaut die beiden scharf an.

EINSTEIN Ihr liebt einander?

SCHWESTER MONIKA Wir lieben uns.

Einstein geht nachdenklich hinaus in den Hintergrund, wo die ermordete Schwester lag. 5

EINSTEIN Auch Schwester Irene und ich liebten uns. Sie wollte alles für mich tun, die Schwester Irene. Ich warnte sie. Ich schrie sie an. Ich behandelte sie wie einen Hund. Ich flehte sie an, zu fliehen. Vergeblich. Sie blieb. Sie wollte mit mir aufs Land ziehen. Nach 10 Kohlwang. Sie wollte mich heiraten. Sogar die Bewilligung hatte sie schon. Von Fräulein Doktor von Zahnd. Da erdrosselte ich sie. Die arme Schwester Irene. Es gibt nichts unsinnigeres auf der Welt als die Raserei, mit der sich die Weiber aufopfern. 15

Schwester Monika geht zu ihm.

SCHWESTER MONIKA Legen Sie sich wieder hin, Professor.

EINSTEIN Sie dürfen mich Albert nennen.

SCHWESTER MONIKA Seien Sie vernünftig, Albert.

EINSTEIN Seien Sie vernünftig, Schwester Monika. Gehorchen 20 Sie Ihrem Geliebten und fliehen Sie! Sonst sind Sie verloren.

Er wendet sich wieder dem Zimmer Nummer 2 zu.

EINSTEIN Ich gehe wieder schlafen.

Er verschwindet in Nummer 2. 25

SCHWESTER MONIKA Dieser arme irre Mensch.

MÖBIUS Er sollte Sie endlich von der Unmöglichkeit überzeugt haben, mich zu lieben.

SCHWESTER MONIKA Sie sind nicht verrückt.

MÖBIUS Es wäre vernünftiger, Sie hielten mich dafür. Fliehen 30 Sie! Machen Sie sich aus dem Staube! Hauen Sie ab! Sonst muß ich Sie auch noch wie einen Hund behandeln.

SCHWESTER MONIKA Behandeln Sie mich lieber wie eine Geliebte.

MÖBIUS Kommen Sie, Monika.

Er führt sie zu einem Sessel, setzt sich ihr gegenüber, ergreift ihre Hände.

MÖBIUS Hören Sie zu. Ich habe einen schweren Fehler begangen. Ich habe mein Geheimnis verraten, ich habe Salomos Erscheinen nicht verschwiegen. Dafür läßt er mich büßen. Lebenslänglich. In Ordnung. Aber Sie sollen nicht auch noch dafür bestraft werden. In den Augen der Welt lieben Sie einen Geisteskranken. Sie laden nur Unglück auf sich. Verlassen Sie die Anstalt, vergessen Sie mich. So ist es am besten für uns beide. 5 10

SCHWESTER MONIKA Begehren Sie mich?

MÖBIUS Warum reden Sie so mit mir? 15

SCHWESTER MONIKA Ich will mit Ihnen schlafen, ich will Kinder von Ihnen haben. Ich weiß, ich rede schamlos. Aber warum schauen Sie mich nicht an? Gefalle ich Ihnen denn nicht? Ich gebe zu, meine Schwesterntracht ist gräßlich. 20

Sie reißt sich die Haube vom Haar.

SCHWESTER MONIKA Ich hasse meinen Beruf! Fünf Jahre habe ich nun die Kranken gepflegt, im Namen der Nächstenliebe. Ich habe mein Gesicht nie abgewendet,[115] ich war für alle da, ich habe mich aufgeopfert. Aber nun will ich mich für jemanden allein aufopfern, für jemanden allein dasein, nicht immer für andere. Ich will für meinen Geliebten dasein. Für Sie. Ich will alles tun, was Sie von mir verlangen, für Sie arbeiten Tag und Nacht, nur fortschicken dürfen Sie mich nicht! Ich habe doch auch niemanden mehr auf der Welt als Sie! Ich bin doch auch allein! 25 30

115 *Ich . . . abgewendet* I never turned my back (i.e. on anything or anybody, when help was needed)

MÖBIUS Monika. Ich muß Sie fortschicken.

SCHWESTER MONIKA *verzweifelt:* Lieben Sie mich denn gar nicht?

MÖBIUS Ich liebe Sie, Monika. Mein Gott, ich liebe Sie, das ist ja das Wahnsinnige.

SCHWESTER MONIKA Warum verraten Sie mich dann? Und nicht nur mich? Sie behaupten, der König Salomo erscheine Ihnen. Warum verraten Sie auch ihn? 5

Möbius ungeheuer erregt, packt sie.

MÖBIUS Monika! Sie dürfen alles von mir glauben, mich für einen Schwächling halten. Ihr Recht. Ich bin unwürdig Ihrer Liebe. Aber Salomo bin ich treu geblieben. Er ist in mein Dasein eingebrochen, auf einmal, ungerufen, er hat mich mißbraucht, mein Leben zerstört, aber ich habe ihn nicht verraten. 10

SCHWESTER MONIKA Sind Sie sicher? 15

MÖBIUS Sie zweifeln?

SCHWESTER MONIKA Sie glauben, dafür büßen zu müssen, weil Sie sein Erscheinen nicht verschwiegen haben. Aber vielleicht büßen Sie dafür, weil Sie sich für seine Offenbarung nicht einsetzen. 20

Er läßt sie fahren.

MÖBIUS Ich — verstehe Sie nicht.

SCHWESTER MONIKA Er diktiert Ihnen das System aller möglichen Erfindungen. Kämpften Sie für seine Anerkennung?

MÖBIUS Man hält mich doch für verrückt. 25

SCHWESTER MONIKA Warum sind Sie so mutlos?

MÖBIUS Mut ist in meinem Falle ein Verbrechen.

SCHWESTER MONIKA Johann Wilhelm. Ich sprach mit Fräulein Doktor von Zahnd.

Möbius starrt sie an. 30

MÖBIUS Sie sprachen?

SCHWESTER MONIKA Sie sind frei.

MÖBIUS Frei?

Hildegard Steinmetz

SCHWESTER MONIKA Wir dürfen uns heiraten.

MÖBIUS Mein Gott.

SCHWESTER MONIKA Fräulein Doktor von Zahnd hat schon alles geregelt. Sie hält Sie zwar für krank, aber für ungefährlich. Und für erblich nicht belastet.[116] Sie selbst sei verrückter als Sie, erklärte sie und lachte. 5

MÖBIUS Das ist lieb von ihr.

SCHWESTER MONIKA Ist sie nicht ein prächtiger Mensch?

MÖBIUS Sicher.

SCHWESTER MONIKA Johann Wilhelm! Ich habe den Posten einer Gemeindeschwester in Blumenstein angenommen. Ich habe gespart. Wir brauchen uns nicht zu sorgen. Wir brauchen uns nur richtig lieb zu haben. 10

Möbius hat sich erhoben. Im Zimmer wird es allmählich dunkel. 15

SCHWESTER MONIKA Ist es nicht wunderbar?

MÖBIUS Gewiß.

SCHWESTER MONIKA Sie freuen sich nicht.

MÖBIUS Es kommt so unerwartet.

SCHWESTER MONIKA Ich habe noch mehr getan. 20

MÖBIUS Das wäre?

SCHWESTER MONIKA Mit dem berühmten Physiker Professor Scherbert gesprochen.

MÖBIUS Er war mein Lehrer.

SCHWESTER MONIKA Er erinnert sich genau. Sie seien sein bester Schüler gewesen. 25

MÖBIUS Und was besprachen Sie mit ihm?

SCHWESTER MONIKA Er versprach mir, Ihre Manuskripte unvoreingenommen zu prüfen.

MÖBIUS Erklärten Sie auch, daß sie von Salomo stammen? 30

SCHWESTER MONIKA Natürlich.

MÖBIUS Und?

SCHWESTER MONIKA Er lachte. Sie seien immer ein toller Spaßvogel gewesen.[117] Johann Wilhelm! Wir haben nicht nur an

116 *Und . . . belastet* And not suffering from an hereditary illness
117 *Sie . . . gewesen* (He said that) You had always been quite a joker

uns zu denken. Sie sind auserwählt. Salomo ist Ihnen erschienen, offenbarte sich Ihnen in seinem Glanz, die Weisheit des Himmels wurde Ihnen zuteil. Nun haben Sie den Weg zu gehen, den das Wunder befiehlt, unbeirrbar, auch wenn der Weg durch Spott und Gelächter führt, durch Unglauben und Zweifel. Aber er führt aus dieser Anstalt. Johann Wilhelm, er führt in die Öffentlichkeit, nicht in die Einsamkeit, er führt in den Kampf. Ich bin da, dir zu helfen, mit dir zu kämpfen, der Himmel, der dir Salomo schickte, schickte auch mich.

Möbius starrt zum Fenster hinaus.

SCHWESTER MONIKA Liebster.
MÖBIUS Geliebte?
SCHWESTER MONIKA Bist du nicht froh?
MÖBIUS Sehr.
SCHWESTER MONIKA Wir müssen nun deine Koffer packen. Acht Uhr zwanzig geht der Zug. Nach Blumenstein.
MÖBIUS Viel ist ja nicht.[118]
SCHWESTER MONIKA Es ist dunkel geworden.
MÖBIUS Die Nacht kommt jetzt früh.
SCHWESTER MONIKA Ich mache Licht.
MÖBIUS Warte noch. Komm zu mir.

Sie geht zu ihm. Nur noch die beiden Silhouetten sind sichtbar.

SCHWESTER MONIKA Du hast Tränen in den Augen.
MÖBIUS Du auch.
SCHWESTER MONIKA Vor Glück.

Er reißt den Vorhang herunter und über sie. Kurzer Kampf. Die Silhouetten sind nicht mehr sichtbar. Dann Stille. Die Türe von Zimmer Nummer 3 öffnet sich. Ein Lichtstrahl dringt in den Raum. Newton

118 *Viel . . . nicht* There is indeed very little (to pack)

steht in der Türe im Kostüm seines Jahrhunderts. Möbius erhebt sich.

NEWTON Was ist geschehen?

MÖBIUS Ich habe Schwester Monika Stettler erdrosselt.

Aus Zimmer Nummer 2 hört man Einstein geigen. 5

NEWTON Da geigt Einstein wieder. Kreisler.[119] Schön Rosmarin.

Er geht zum Kamin, holt den Kognak.

119 *Fritz Kreisler* (1875-1962) Well-known Austrian violinist and composer of light melodies such as *Schön' Rosmarin*

AKT

2

Eine Stunde später. Der gleiche Raum. Draußen Nacht. Wieder Polizei. Wieder messen, aufzeichnen, photographieren. Nur ist jetzt die für das Publikum unsichtbare Leiche der Monika Stettler hinten rechts unter dem Fenster anzunehmen.[1] *Der Salon ist erleuchtet. Der Lüster brennt, die Stehlampe.*[2] *Auf dem Sofa sitzt Frl. Doktor Mathilde von Zahnd, düster, in sich versunken. Auf dem kleinen Tisch vor ihr eine Zigarrenkiste, auf dem Sessel rechts außen Guhl mit Stenoblock.*[3] *Inspektor Voß wendet sich in Hut und Mantel von der Leiche ab, kommt nach vorne.* 5 10

FRL. DOKTOR Eine Havanna?

INSPEKTOR Nein, danke.

FRL. DOKTOR Schnaps?

INSPEKTOR Später. 15

Schweigen.

INSPEKTOR Blocher, du kannst jetzt photographieren.

1 *ist . . . anzunehmen* one must imagine
2 *Der . . . Stehlampe* The chandelier and the floor lamp are lit
3 *Stenoblock* steno-pad

BLOCHER Jawohl, Herr Inspektor.

Man photographiert. Blitzlichter.

INSPEKTOR Wie hieß die Schwester?

FRL. DOKTOR Monika Stettler.

INSPEKTOR Alter? 5

FRL. DOKTOR Fünfundzwanzig. Aus Blumenstein.

INSPEKTOR Angehörige?

FRL. DOKTOR Keine.

INSPEKTOR Haben Sie die Aussagen, Guhl?

GUHL Jawohl, Herr Inspektor. 10

INSPEKTOR Auch erdrosselt, Doktor?

GERICHTSMEDIZINER Eindeutig. Wieder mit Riesenkräften. Nur diesmal mit der Vorhangkordel.

INSPEKTOR Wie vor drei Monaten.

Er setzt sich müde auf den Sessel rechts vorne. 15

FRL. DOKTOR Möchten Sie nun den Mörder —

INSPEKTOR Bitte, Fräulein Doktor.

FRL. DOKTOR Ich meine, den Täter sehen?

INSPEKTOR Ich denke nicht daran.

FRL. DOKTOR Aber — 20

INSPEKTOR Fräulein Doktor von Zahnd. Ich tue meine Pflicht, nehme Protokoll, besichtige die Leiche, lasse sie photographieren und durch unseren Gerichtsmediziner begutachten, aber Möbius besichtige ich nicht. Den überlasse ich Ihnen. Endgültig. Mit den andern 25 radioaktiven Physikern.

FRL. DOKTOR Der Staatsanwalt?

INSPEKTOR Tobt nicht einmal mehr.[4] Brütet.

Sie wischt sich den Schweiß ab.

FRL. DOKTOR Heiß hier. 30

INSPEKTOR Durchaus nicht.

FRL. DOKTOR Dieser dritte Mord —

4 *Tobt . . . mehr* (He) is not even raging any longer

INSPEKTOR Bitte, Fräulein Doktor.

FRL. DOKTOR Dieser dritte Unglücksfall hat mir in Les Cerisiers gerade noch gefehlt.[5] Ich kann abdanken. Monika Stettler war meine beste Pflegerin. Sie verstand die Kranken. Sie konnte sich einfühlen. Ich liebte sie wie eine Tochter. Aber ihr Tod ist noch nicht das schlimmste. Mein medizinischer Ruf ist dahin.[6] 5

INSPEKTOR Der kommt schon wieder. Blocher, mache noch eine Aufnahme von oben.[7]

BLOCHER Jawohl, Herr Inspektor. 10

Von rechts schieben zwei riesenhafte Pfleger einen Wagen mit Geschirr und Essen herein. Einer der Pfleger ist ein Neger. Sie sind von einem ebenso riesenhaften Oberpfleger begleitet.

OBERPFLEGER Das Abendbrot für die lieben Kranken, Fräulein Doktor. 15

Der Inspektor springt auf.

INSPEKTOR Uwe Sievers.

OBERPFLEGER Richtig, Herr Inspektor. Uwe Sievers. Ehemaliger Europameister im Schwergewichtsboxen. Nun Oberpfleger in Les Cerisiers. 20

INSPEKTOR Und die zwei andern Ungeheuer?

OBERPFLEGER Murillo, südamerikanischer Meister, auch im Schwergewicht, und McArthur *[er zeigt auf den Neger]*, nordamerikanischer Meister, Mittelgewicht. Stell den Tisch auf, McArthur. 25

McArthur stellt den Tisch auf.

OBERPFLEGER Das Tischtuch, Murillo.

Murillo breitet ein weißes Tuch über den Tisch.

OBERPFLEGER Das Meißnerporzellan,[8] McArthur. 30

5 *Dieser . . . gefehlt* That's just what I needed in *Les Cerisiers,* a third accident!
6 *Mein . . . dahin* My medical reputation is ruined
7 *Blocher . . . oben* Blocher, take another picture from above
8 *Meißnerporzellan* tableware made of Meissen porcelain

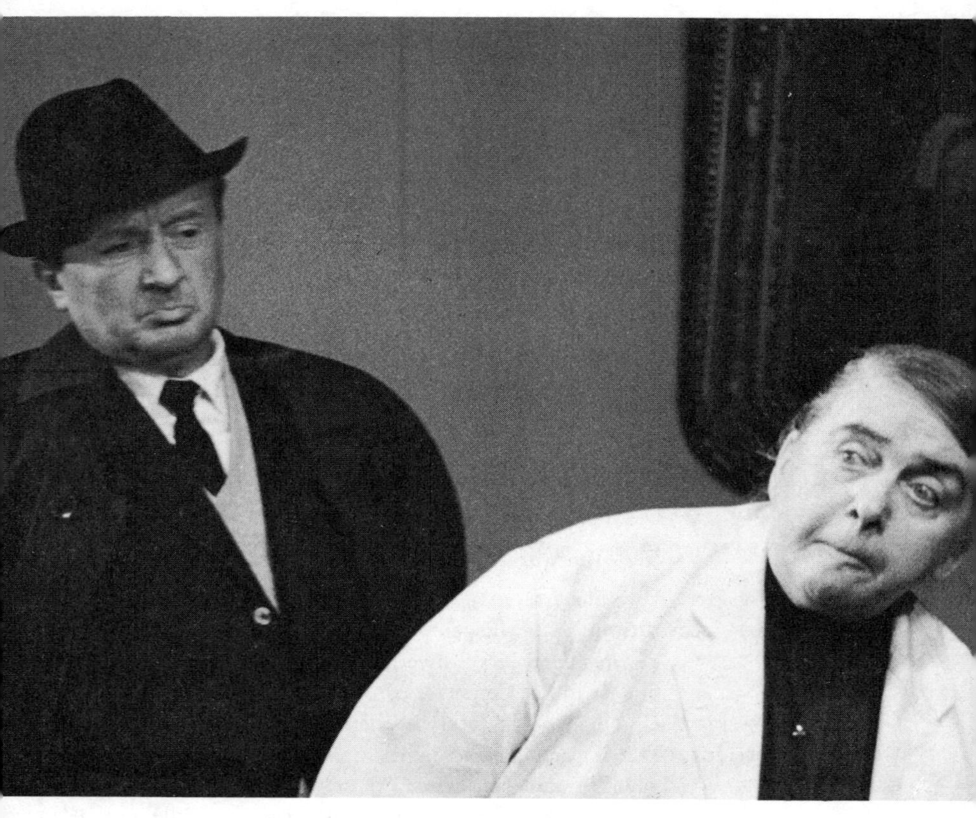

Hildegard Steinmetz

McArthur verteilt das Geschirr.

OBERPFLEGER Das Silberbesteck, Murillo.

Murillo verteilt das Besteck.

OBERPFLEGER Die Suppenschüssel in die Mitte, McArthur.

McArthur stellt die Suppenschüssel auf den Tisch. 5

INSPEKTOR Was kriegen denn unsere lieben Kranken?

Er hebt den Deckel der Suppenschüssel hoch.

INSPEKTOR Leberknödelsuppe.[9]
OBERPFLEGER Poulet à la broche,[10] Cordon bleu.[11]
INSPEKTOR Fantastisch. 10
OBERPFLEGER Erste Klasse.
INSPEKTOR Ich bin ein Beamter vierzehnter Klasse, da geht's zu Hause weniger kulinarisch zu.[12]
OBERPFLEGER Es ist angerichtet,[13] Fräulein Doktor.
FRL. DOKTOR Sie können gehen, Sievers. Die Patienten bedienen sich selbst. 15
OBERPFLEGER Herr Inspektor, wir hatten die Ehre.[14]

Die drei verbeugen sich und gehen nach rechts hinaus. Der Inspektor sieht ihnen nach.

INSPEKTOR Donnerwetter. 20
FRL. DOKTOR Zufrieden?
INSPEKTOR Neidisch. Wenn wir die bei der Polizei hätten —
FRL. DOKTOR Die Gagen[15] sind astronomisch.
INSPEKTOR Mit Ihren Schlotbaronen[16] und Multimillionärinnen

9 *Leberknödelsuppe* Liverdumpling soup
10 *Poulet à la broche* Barbecued chicken
11 *Cordon bleu* (lit. blue ribbon. In Switzerland and Germany, a dish of ham and cheese between veal slices. In France, the expression denotes primarily an excellent woman cook.)
12 *da . . . zu* at home the fare isn't that fancy
13 *Es ist angerichtet* Everything is on the table
14 *wir . . . Ehre* we're glad to have met you
15 *Die Gagen* The salaries (or: honoraria)
16 *Schlotbaronen* (humorous) barons of industry (lit. smoke-stack barons)

können Sie sich das ja leisten. Die Burschen werden den Staatsanwalt endlich beruhigen. Denen entkommt niemand.

Im Zimmer Nummer 2 hört man Einstein geigen.

INSPEKTOR Und auch Einstein geigt wieder. 5

FRL. DOKTOR Kreisler. Wie meistens. Liebesleid.

BLOCHER Wir wären fertig, Herr Inspektor.

INSPEKTOR Dann schafft die Leiche wieder mal hinaus.

Zwei Polizisten heben die Leiche hoch. Da stürzt Möbius aus Zimmer Nummer 1. 10

MÖBIUS Monika! Meine Geliebte!

Die Polizisten mit der Leiche bleiben stehen. Fräulein Doktor erhebt sich majestätisch.

FRL. DOKTOR Möbius! Wie konnten Sie das tun? Sie haben meine beste Krankenschwester getötet, meine sanfteste 15 Krankenschwester, meine süßeste Krankenschwester!

MÖBIUS Es tut mir ja so leid, Fräulein Doktor.

FRL. DOKTOR Leid.

MÖBIUS König Salomo befahl es.

FRL. DOKTOR Der König Salomo. 20

Sie setzt sich wieder. Schwerfällig. Bleich.

FRL. DOKTOR Seine Majestät ordnete den Mord an.

MÖBIUS Ich stand am Fenster und starrte in den dunklen Abend. Da schwebte der König vom Park her über die Terrasse ganz nahe an mich heran und flüsterte 25 mir durch die Scheibe den Befehl zu.

FRL. DOKTOR Entschuldigen Sie, Voß. Meine Nerven.

INSPEKTOR Schon in Ordnung.

FRL. DOKTOR So eine Anstalt reibt auf.

INSPEKTOR Kann ich mir denken. 30

FRL. DOKTOR Ich ziehe mich zurück.

Sie erhebt sich.

FRL. DOKTOR Herr Inspektor Voß: Drücken Sie dem Staatsanwalt mein Bedauern über die Vorfälle in meinem Sanatorium aus. Versichern Sie ihm, es sei nun alles in Ordnung. Herr Gerichtsmediziner, meine Herren, ich hatte die Ehre. 5

Sie geht zuerst nach hinten links, verneigt sich vor der Leiche, feierlich, schaut dann Möbius an, geht dann nach rechts hinaus.

INSPEKTOR So. Nun könnt ihr die Leiche endgültig in die Kapelle tragen. Zu Schwester Irene. 10

MÖBIUS Monika!

Die beiden Polizisten mit der Leiche, die andern mit den Apparaten durch die Gartentüre ab. Der Gerichtsmediziner folgt. 15

MÖBIUS Meine geliebte Monika.

Der Inspektor tritt zum kleinen Tischchen beim Sofa.

INSPEKTOR Jetzt benötige ich doch eine Havanna. Ich habe sie verdient.

Nimmt eine riesige Zigarre aus der Kiste, betrachtet sie. 20

INSPEKTOR Tolles Ding.[17]

Beißt sie an, zündet sie an.

INSPEKTOR Mein lieber Möbius, hinter dem Kamingitter ist Sir Isaak Newtons Kognak versteckt. 25

MÖBIUS Bitte, Herr Inspektor.

Die Inspektor pafft vor sich hin, während Möbius die Kognakflasche und das Glas holt.

MÖBIUS Darf ich einschenken?

INSPEKTOR Sie dürfen. 30

17 *Tolles Ding* (Here) A terrific cigar

Er nimmt das Glas, trinkt.

MÖBIUS Noch einen?

INSPEKTOR Noch einen.

Möbius schenkt wieder ein.

MÖBIUS Herr Inspektor, ich muß Sie bitten, mich zu verhaften. 5

INSPEKTOR Aber wozu denn, mein lieber Möbius?

MÖBIUS Weil ich doch die Schwester Monika —

INSPEKTOR Nach Ihrem eigenen Geständnis haben Sie auf Befehl des Königs Salomo gehandelt. So lange ich den 10 nicht verhaften kann, bleiben Sie frei.

MÖBIUS Trotzdem —

INSPEKTOR Es gibt kein trotzdem. Schenken Sie mir noch einmal ein.

MÖBIUS Bitte, Herr Inspektor. 15

INSPEKTOR Und nun versorgen Sie den Kognak wieder, sonst saufen ihn die Pfleger aus.

MÖBIUS Jawohl, Herr Inspektor.

Er versorgt den Kognak.

INSPEKTOR Sehen Sie, ich verhafte jährlich im Städtchen und 20 in der Umgebung einige Mörder. Nicht viele. Kaum ein Halbdutzend. Einige verhafte ich mit Vergnügen, andere tun mir leid. Aber ich muß sie trotzdem verhaften. Die Gerechtigkeit ist die Gerechtigkeit. Und nun kommen Sie und Ihre zwei Kollegen. Zuerst 25 habe ich mich ja geärgert, daß ich nicht einschreiten durfte, doch jetzt? Ich genieße es auf einmal. Ich könnte jubeln. Ich habe drei Mörder gefunden, die ich mit gutem Gewissen nicht zu verhaften brauche. Die Gerechtigkeit macht zum ersten Male Ferien, ein 30 immenses Gefühl. Die Gerechtigkeit, mein Freund, strengt nämlich mächtig an, man ruiniert sich in ihrem Dienst, gesundheitlich und moralisch, ich brauche einfach eine Pause. Mein Lieber, diesen

Genuß verdanke ich Ihnen. Leben Sie wohl. Grüßen Sie mir Newton und Einstein recht freundlich und lassen Sie mich bei Salomo empfehlen.[18]

MÖBIUS Jawohl, Herr Inspektor.

Der Inspektor geht ab. Möbius ist allein. Er setzt sich auf das Sofa, preßt mit den Händen seine Schläfen. Aus Zimmer Nummer 3 kommt Newton. 5

NEWTON Was gibt es denn?

Möbius schweigt. Newton deckt die Suppenschüssel auf. 10

NEWTON Leberknödelsuppe.

Deckt die anderen Speisen auf dem Wagen auf.

NEWTON Poulet à la broche, Cordon bleu. Merkwürdig. Sonst essen wir doch abends leicht. Und bescheiden. Seit die andern Patienten im Neubau sind. 15

Er serviert sich Suppe.

NEWTON Keinen Hunger?

Möbius schweigt.

NEWTON Verstehe. Nach meiner Krankenschwester verging mir auch der Appetit.[19] 20

Er setzt sich und beginnt Leberknödelsuppe zu essen. Möbius erhebt sich und will auf sein Zimmer gehen.

NEWTON Bleiben Sie.
MÖBIUS Sir Isaak?
NEWTON Ich habe mit Ihnen zu reden, Möbius. 25

Möbius bleibt stehen.

NEWTON Und?

18 *lassen . . . empfehlen* my best regards to Solomon
19 *Nach . . . Appetit* After (having killed) my nurse, I, too, lost my appetite

Newton deutet auf das Essen.

NEWTON Möchten Sie nicht vielleicht doch die Leberknödelsuppe versuchen? Sie schmeckt vorzüglich.

MÖBIUS Nein.

NEWTON Mein lieber Möbius, wir werden nicht mehr von Schwestern betreut, wir werden von Pflegern bewacht.[20] Von riesigen Burschen. 5

MÖBIUS Das spielt doch keine Rolle.

NEWTON Vielleicht nicht für Sie, Möbius. Sie wünschen ja offenbar Ihr ganzes Leben im Irrenhaus zu verbringen. Aber für mich spielt es eine Rolle. Ich will nämlich hinaus. 10

Er beendet die Leberknödelsuppe.

NEWTON Na. Gehen wir mal zum Poulet à la broche über.

Er serviert sich. 15

NEWTON Die Pfleger zwingen mich zu handeln. Noch heute.

MÖBIUS Ihre Sache.[21]

NEWTON Nicht ganz. Ein Geständnis, Möbius: Ich bin nicht verrückt.

MÖBIUS Aber natürlich nicht, Sir Isaak. 20

NEWTON Ich bin nicht Sir Isaak Newton.

MÖBIUS Ich weiß. Albert Einstein.

NEWTON Blödsinn. Auch nicht Herbert Georg Beutler, wie man hier glaubt. Mein wahrer Name lautet Kilton, mein Junge. 25

Möbius starrt ihn erschrocken an.

MÖBIUS Alec Jasper Kilton?

NEWTON Richtig.

20 *betreut . . . bewacht* (Notice the nuances in meaning between the two verbs: tended, . . . watched over, guarded.)
21 *Ihre Sache* That's your business

MÖBIUS Der Begründer der Entsprechungslehre?[22]

NEWTON Der.

Möbius kommt zum Tisch.

MÖBIUS Sie haben sich hier eingeschlichen?

NEWTON Indem ich den Verrückten spielte. 5

MÖBIUS Um mich — auszuspionieren?

NEWTON Um hinter den Grund Ihrer Verrücktheit zu kommen. Mein tadelloses Deutsch ist mir im Lager unseres Geheimdienstes beigebracht worden, eine schreckliche Arbeit. 10

MÖBIUS Und weil die arme Schwester Dorothea auf die Wahrheit kam, haben Sie —

NEWTON Habe ich. Der Vorfall tut mir außerordentlich leid.

MÖBIUS Verstehe.

NEWTON Befehl ist Befehl. 15

MÖBIUS Selbstverständlich.

NEWTON Ich durfte nicht anders handeln.

MÖBIUS Natürlich nicht.

NEWTON Meine Mission stand in Frage, das geheimste Unternehmen unseres Geheimdienstes. Ich mußte töten, 20 wollte ich jeden Verdacht vermeiden. Schwester Dorothea hielt mich nicht mehr für verrückt, die Chefärztin nur für mäßig erkrankt, es galt meinen Wahnsinn durch einen Mord endgültig zu beweisen. Sie, das Poulet à la broche schmeckt aber wirklich 25 großartig.

Aus Zimmer Nummer 2 hört man Einstein geigen.

MÖBIUS Da geigt Einstein wieder.

NEWTON Die Gavotte von Bach.

MÖBIUS Sein Essen wird kalt. 30

NEWTON Lassen Sie den Verrückten ruhig weitergeigen.

MÖBIUS Eine Drohung?

22 *Entsprechungslehre* Correspondence theory (an allusion to Niels Bohr's (1885-) *Korrespondenzprinzip* which establishes certain "correspondences" between classical and quantum physics)

NEWTON Ich verehre Sie unermeßlich. Es würde mir leid tun, energisch vorgehen zu müssen.

MÖBIUS Sie haben den Auftrag, mich zu entführen?

NEWTON Falls sich der Verdacht unseres Geheimdienstes bestätigt. 5

MÖBIUS Der wäre?

NEWTON Er hält sie zufällig für[23] den genialsten Physiker der Gegenwart.

MÖBIUS Ich bin ein schwer nervenkranker Mensch, Kilton, nichts weiter. 10

NEWTON Unser Geheimdienst ist darüber anderer Ansicht.

MÖBIUS Und was glauben Sie von mir?

NEWTON Ich halte Sie schlicht für[24] den größten Physiker aller Zeiten.

MÖBIUS Und wie kam Ihr Geheimdienst auf meine Spur? 15

NEWTON Durch mich. Ich las zufällig Ihre Dissertation über die Grundlagen einer neuen Physik. Zuerst hielt ich die Abhandlung für eine Spielerei. Dann fiel es mir wie Schuppen von den Augen.[25] Ich hatte es mit dem genialsten Dokument der neueren Physik zu tun. 20 Ich begann über den Verfasser nachzuforschen und kam nicht weiter. Darauf informierte ich den Geheimdienst und der kam dann weiter.

EINSTEIN Sie waren nicht der einzige Leser der Dissertation, Kilton. 25

Er ist unbemerkt mit seiner Geige unter dem Arm und mit seinem Geigenbogen aus Zimmer Nummer 2 erschienen.

EINSTEIN Ich bin nämlich auch nicht verrückt. Darf ich mich vorstellen? Ich bin ebenfalls Physiker. Mitglied eines 30 Geheimdienstes. Aber eines ziemlich anderen. Mein Name ist Joseph Eisler.

23 *Er . . . zufällig für* They happen to think that you are
24 *Ich . . . schlicht für* I merely consider you
25 *Dann . . . Augen* Then it suddenly dawned on me

MÖBIUS Der Entdecker des Eisler-Effekts?[26]

EINSTEIN Der.

NEWTON Neunzehnhundertfünfzig verschollen.

EINSTEIN Freiwillig.

Newton hält plötzlich einen Revolver in der Hand. 5

NEWTON Darf ich bitten, Eisler, sich mit dem Gesicht gegen die Wand zu stellen?

EINSTEIN Aber natürlich.

Er schlendert gemächlich zum Kamin, legt seine Geige auf das Kaminsims, kehrt sich dann plötzlich um, einen Revolver in der Hand. 10

EINSTEIN Mein bester Kilton. Da wir beide, wie ich vermute, mit Waffen tüchtig umzugehen wissen,[27] wollen wir doch ein Duell möglichst vermeiden, finden Sie nicht? Ich lege meinen Browning gern zur Seite, falls Sie auch Ihren Colt — 15

NEWTON Einverstanden.

EINSTEIN Hinter das Kamingitter zum Kognak. Im Falle, es kämen plötzlich die Pfleger.

NEWTON Schön. 20

Beide legen ihre Revolver hinter das Kamingitter.

EINSTEIN Sie brachten meine Pläne durcheinander, Kilton, Sie hielt ich wirklich für verrückt.

NEWTON Trösten Sie sich: Ich Sie auch.

EINSTEIN Überhaupt ging manches schief. Die Sache mit der Schwester Irene zum Beispiel heute nachmittag. Sie hatte Verdacht geschöpft, und damit war ihr Todesurteil gefällt. Der Vorfall tut mir außerordentlich leid. 25

MÖBIUS Verstehe. 30

26 *Eisler-Effekts* Eisler Effect (Dürrenmatt is using as a model for this imaginary discovery the well-known "Doppler Effect")

27 *Da . . . wissen* Since both of us, I suspect, know quite well how to handle firearms

EINSTEIN Befehl ist Befehl.
MÖBIUS Selbstverständlich.
EINSTEIN Ich konnte nicht anders handeln.
MÖBIUS Natürlich nicht.
EINSTEIN Auch meine Mission stand in Frage, das geheimste Unternehmen auch meines Geheimdienstes. Setzen wir uns? 5
NEWTON Setzen wir uns.

Er setzt sich links an den Tisch, Einstein rechts.

MÖBIUS Ich nehme an, Eisler, auch Sie wollen mich nun zwingen — 10
EINSTEIN Aber Möbius.
MÖBIUS — bewegen, Ihr Land aufzusuchen.
EINSTEIN Auch wir halten Sie schließlich für den größten aller Physiker. Aber nun bin ich auf das Abendessen gespannt. Die reinste Henkersmahlzeit.[28] 15

Er schöpft sich Suppe.

EINSTEIN Immer noch keinen Appetit, Möbius?
MÖBIUS Doch. Plötzlich. Jetzt, wo Ihr dahintergekommen seid. 20

Er setzt sich zwischen die beiden an den Tisch, schöpft sich ebenfalls Suppe.

NEWTON Burgunder, Möbius?
MÖBIUS Schenken Sie ein.

Newton schenkt ein. 25

NEWTON Ich nehme das Cordon bleu in Angriff.
MÖBIUS Tun Sie sich keinen Zwang an.[29]
NEWTON Mahlzeit.[30]
EINSTEIN Mahlzeit.

28 *Die reinste Henkersmahlzeit* Just like the last meal before one's execution
29 *Tun . . . an* Please, suit yourself
30 *Mahlzeit* (polite expression commonly used in Germany upon beginning a meal; lit. *gesegnete Mahlzeit*)

MÖBIUS Mahlzeit.

Sie essen. Von rechts kommen die drei Pfleger, der Oberpfleger mit Notizbuch.

OBERPFLEGER Patient Beutler!

NEWTON Hier. 5

OBERPFLEGER Patient Ernesti!

EINSTEIN Hier.

OBERPFLEGER Patient Möbius!

MÖBIUS Hier.

OBERPFLEGER Oberpfleger Sievers, Pfleger Murillo, Pfleger McArthur. 10

Er steckt das Notizbuch wieder ein.

OBERPFLEGER Auf Anraten der Behörde sind gewisse Sicherheitsmaßnahmen zu treffen. Murillo, die Gitter zu.[31]

Murillo läßt beim Fenster ein Gitter herunter. Der Raum hat nun auf einmal etwas von einem Gefängnis. 15

OBERPFLEGER McArthur, schließ ab.

McArthur schließt das Gitter ab.

OBERPFLEGER Haben die Herren für die Nacht noch einen Wunsch? Patient Beutler? 20

NEWTON Nein.

OBERPFLEGER Patient Ernesti?

EINSTEIN Nein.

OBERPFLEGER Patient Möbius? 25

MÖBIUS Nein.

OBERPFLEGER Meine Herren. Wir empfehlen uns.[32] Gute Nacht.

Die drei Pfleger ab. Stille.

EINSTEIN Biester.

31 *die Gitter zu* shut the window grills
32 *Wir empfehlen uns* Please, excuse us

NEWTON Im Park lauern noch weitere Kolosse.[33] Ich habe sie längst von meinem Fenster aus beobachtet.

Einstein erhebt sich und untersucht das Gitter.

EINSTEIN Solid. Mit einem Spezialschloß.

Newton geht zu seiner Zimmertüre, öffnet sie, schaut hinein. 5

NEWTON Auch vor meinem Fenster mit einem Mal ein Gitter. Wie hingezaubert.[34]

Er öffnet die beiden andern Türen im Hintergrund.

NEWTON Auch bei Eisler. Und bei Möbius. 10

Er geht zur Türe rechts.

NEWTON Abgeschlossen.

Er setzt sich wieder. Auch Einstein.

EINSTEIN Gefangen.
NEWTON Logisch. Wir mit unseren Krankenschwestern.[35] 15
EINSTEIN Jetzt kommen wir nur noch aus dem Irrenhaus, wenn wir gemeinsam vorgehen.
MÖBIUS Ich will ja gar nicht fliehen.
EINSTEIN Möbius —
MÖBIUS Ich finde nicht den geringsten Grund dazu. Im Ge- 20 genteil. Ich bin mit meinem Schicksal zufrieden.

Schweigen.

NEWTON Doch ich bin nicht damit zufrieden, ein ziemlich entscheidender Umstand, finden Sie nicht? Ihre persönlichen Gefühle in Ehren, aber Sie sind ein Genie 25 und als solches Allgemeingut. Sie drangen in neue Gebiete der Physik vor. Aber Sie haben die Wissenschaft nicht gepachtet. Sie haben die Pflicht, die Türe

33 *Im . . . Kolosse* Other brutes are lying in wait in the park
34 *Wie hingezaubert* (They were put there) as though by magic
35 *Wir . . . Krankenschwestern* After all, we killed our nurses

auch uns aufzuschließen, den Nicht-Genialen. Kommen Sie mit mir, in einem Jahr stecken wir Sie in einen Frack,[36] transportieren Sie nach Stockholm und Sie erhalten den Nobelpreis.

MÖBIUS Ihr Geheimdienst ist uneigennützig. 5

NEWTON Ich gebe zu, Möbius, daß ihn vor allem die Vermutung beeindruckt, Sie hätten das Problem der Gravitation gelöst.

MÖBIUS Stimmt.

Stille. 10

EINSTEIN Das sagen Sie so seelenruhig?

MÖBIUS Wie soll ich es denn sonst sagen?

EINSTEIN Mein Geheimdienst glaubte, Sie würden die einheitliche Theorie der Elementarteilchen —[37]

MÖBIUS Auch Ihren Geheimdienst kann ich beruhigen. Die 15 einheitliche Feldtheorie ist gefunden.[38]

Newton wischt sich mit der Serviette den Schweiß von der Stirne.

NEWTON Die Weltformel.[39]

EINSTEIN Zum Lachen. Da versuchen Horden gut besoldeter 20 Physiker in riesigen staatlichen Laboratorien seit Jahren vergeblich in der Physik weiterzukommen, und Sie erledigen das en passant im Irrenhaus am Schreibtisch.

Er wischt sich ebenfalls mit der Serviette den Schweiß 25 *von der Stirne.*

NEWTON Und das System aller möglichen Erfindungen, Möbius?

MÖBIUS Gibt es auch. Ich stellte es aus Neugierde auf, als praktisches Kompendium zu meinen theoretischen 30

36 *in . . . Frack* in a year we will fit you out with a tail coat
37 *die . . . Elementarteilchen* the unified field theory of elementary particles
38 *Die . . . gefunden* I have established the unified field theory
39 *Die Weltformel* The universal (all-encompassing) equation (or: formula)

Arbeiten. Soll ich den Unschuldigen spielen? Was wir denken, hat seine Folgen. Es war meine Pflicht, die Auswirkungen zu studieren, die meine Feldtheorie und meine Gravitationslehre haben würden. Das Resultat ist verheerend. Neue, unvorstellbare Energien würden freigesetzt und eine Technik ermöglicht, die jeder Fantasie spottet,[40] falls meine Untersuchung in die Hände der Menschen fiele. 5

EINSTEIN Das wird sich kaum vermeiden lassen.

NEWTON Die Frage ist nur, wer zuerst an sie herankommt. 10

Möbius lacht.

MÖBIUS Sie wünschen dieses Glück wohl Ihrem Geheimdienst, Kilton, und dem Generalstab, der dahinter steht?

NEWTON Warum nicht? Um den größten Physiker aller Zeiten in die Gemeinschaft der Physiker zurückzuführen, ist mir jeder Generalstab heilig. Es geht um die Freiheit unserer Wissenschaft und um nichts weiter. Wer diese Freiheit garantiert, ist gleichgültig.[41] Ich diene jedem System, läßt mich das System in Ruhe.[42] Ich weiß, man spricht heute von der Verantwortung der Physiker. Wir haben es auf einmal mit der Furcht zu tun[43] und werden moralisch. Das ist Unsinn. Wir haben Pionierarbeit zu leisten und nichts außerdem. Ob die Menschheit den Weg zu gehen versteht, den wir ihr bahnen, ist ihre Sache, nicht die unsrige. 15 20 25

EINSTEIN Zugegeben. Wir haben Pionierarbeit zu leisten. Das ist auch meine Meinung. Doch dürfen wir die Verantwortung nicht ausklammern. Wir liefern der Menschheit gewaltige Machtmittel. Das gibt uns das Recht, Bedingungen zu stellen. Wir müssen Macht- 30

40 *die . . . spottet* which defies every flight of the imagination
41 *Wer . . . gleichgültig* It does not matter who guarantees this freedom
42 *läßt . . . Ruhe* provided the system leaves me in peace
43 *Wir . . . tun* All of a sudden we are in the grip of fear

politiker werden, weil wir Physiker sind. Wir müssen entscheiden, zu wessen Gunsten wir unsere Wissenschaft anwenden, und ich habe mich entschieden. Sie dagegen sind ein jämmerlicher Ästhet, Kilton. Warum kommen Sie dann nicht zu uns, wenn Ihnen nur an der Freiheit der Wissenschaft gelegen ist? Auch wir können es uns schon längst nicht mehr leisten, die Physiker zu bevormunden. Auch wir brauchen Resultate. Auch unser politisches System muß der Wissenschaft aus der Hand fressen.[44] 5 10

NEWTON Unsere beiden politischen Systeme, Eisler, müssen jetzt vor allem Möbius aus der Hand fressen.

EINSTEIN Im Gegenteil. Er wird uns gehorchen müssen. Wir beide halten ihn schließlich in Schach.

NEWTON Wirklich? Wir beide halten wohl mehr uns in Schach. Unsere Geheimdienste sind leider auf die gleiche Idee gekommen. Machen wir uns doch nichts vor.[45] Überlegen wir doch die unmögliche Lage, in die wir dadurch geraten sind. Geht Möbius mit Ihnen, kann ich nichts dagegen tun, weil Sie es verhindern würden. Und Sie wären hilflos, wenn sich Möbius zu meinen Gunsten entschlösse. Er kann hier wählen, nicht wir. 15 20

Einstein erhebt sich feierlich.

EINSTEIN Holen wir die Revolver. 25

Newton erhebt sich ebenfalls.

NEWTON Kämpfen wir.

Newton holt die beiden Revolver hinter dem Kamingitter, gibt Einstein dessen Waffe.

EINSTEIN Es tut mir leid, daß die Angelegenheit ein blutiges Ende findet. Aber wir müssen schießen. Auf einander und auf die Wärter ohnehin. Im Notfall auch auf 30

44 *der Wissenschaft . . . fressen* must cow-tow to science
45 *Machen . . . vor* Let's drop all pretenses

Möbius. Er mag der wichtigste Mann der Welt sein, seine Manuskripte sind wichtiger.

MÖBIUS Meine Manuskripte? Ich habe sie verbrannt.

Totenstille.

EINSTEIN Verbrannt? 5

MÖBIUS *verlegen:* Vorhin. Bevor die Polizei zurückkam. Um sicher zu gehen.[46]

Einstein bricht in ein verzweifeltes Gelächter aus.

EINSTEIN Verbrannt.

Newton schreit wütend auf. 10

NEWTON Die Arbeit von fünfzehn Jahren.

EINSTEIN Es ist zum wahnsinnig werden.

NEWTON Offiziell sind wir es ja schon.

Sie stecken ihre Revolver ein und setzen sich vernichtet aufs Sofa. 15

EINSTEIN Damit sind wir Ihnen endgültig ausgeliefert, Möbius.

NEWTON Und dafür mußte ich eine Krankenschwester erdrosseln und Deutsch lernen.

EINSTEIN Während man mir das Geigen beibrachte: Eine Tortur für einen völlig unmusikalischen Menschen. 20

MÖBIUS Essen wir nicht weiter?

NEWTON Der Appetit ist mir vergangen.

EINSTEIN Schade um das Cordon bleu.

Möbius steht auf.

MÖBIUS Wir sind drei Physiker. Die Entscheidung, die wir 25 zu fällen haben, ist eine Entscheidung unter Physikern. Wir müssen wissenschaftlich vorgehen. Wir dürfen uns nicht von Meinungen bestimmen lassen, sondern von logischen Schlüssen. Wir müssen versuchen, das Vernünftige zu finden. Wir dürfen uns 30

46 *Um . . . gehen* So as to be sure

keinen Denkfehler leisten, weil ein Fehlschluß zur Katastrophe führen müßte. Der Ausgangspunkt ist klar. Wir haben alle drei das gleiche Ziel im Auge, doch unsere Taktik ist verschieden. Das Ziel ist der Fortgang der Physik. Sie wollen ihr die Freiheit be- 5
wahren, Kilton, und streiten ihr die Verantwortung ab. Sie dagegen, Eisler, verpflichten die Physik im Namen der Verantwortung der Machtpolitik eines bestimmten Landes.[47] Wie sieht nun aber die Wirklichkeit aus? Darüber verlange ich Auskunft, soll ich 10
mich entscheiden.[48]

NEWTON Einige der berühmtesten Physiker erwarten Sie. Besoldung und Unterkunft ideal, die Gegend mörderisch, aber die Klimaanlagen ausgezeichnet.

MÖBIUS Sind diese Physiker frei? 15

NEWTON Mein lieber Möbius. Diese Physiker erklären sich bereit, wissenschaftliche Probleme zu lösen, die für die Landesverteidigung entscheidend sind. Sie müssen daher verstehen —

MÖBIUS Also nicht frei. 20

Er wendet sich Einstein zu.

MÖBIUS Joseph Eisler. Sie treiben Machtpolitik. Dazu gehört jedoch Macht. Besitzen Sie die?

EINSTEIN Sie mißverstehen mich, Möbius. Meine Machtpolitik besteht gerade darin, daß[49] ich zu Gunsten einer 25
Partei auf meine Macht verzichtet habe.

MÖBIUS Können Sie die Partei im Sinne Ihrer Verantwortung lenken oder laufen Sie Gefahr, von der Partei gelenkt zu werden?

EINSTEIN Möbius? Das ist doch lächerlich. Ich kann natürlich 30
nur hoffen, die Partei befolge meine Ratschläge,

47 *Sie dagegen . . . bestimmten Landes* You, however, Eisler, deem it your responsibility to make physics subservient to the power politics of a certain country

48 *soll . . . entscheiden* if I am to make a decision

49 *besteht . . . darin, daß* consists precisely in the fact that

mehr nicht. Ohne Hoffnung gibt es nun einmal keine politische Haltung.[50]

MÖBIUS Sind wenigstens Ihre Physiker frei?

EINSTEIN Da auch sie für die Landesverteidigung . . .

MÖBIUS Merkwürdig. Jeder preist mir eine andere Theorie an, doch die Realität, die man mir bietet, ist dieselbe: Ein Gefängnis. Da ziehe ich mein Irrenhaus vor. Es gibt mir wenigstens die Sicherheit, von Politikern nicht ausgenützt zu werden. 5

EINSTEIN Gewisse Risiken muß man schließlich eingehen. 10

MÖBIUS Es gibt Risiken, die man nie eingehen darf: Der Untergang der Menschheit ist ein solches. Was die Welt mit den Waffen anrichtet, die sie schon besitzt, wissen wir, was sie mit jenen anrichten würde, die ich ermögliche, können wir uns denken. Dieser Einsicht habe ich mein Handeln untergeordnet. Ich war arm. Ich besaß eine Frau und drei Kinder. Auf der Universität winkte Ruhm, in der Industrie Geld. Beide Wege waren zu gefährlich. Ich hätte meine Arbeiten veröffentlichen müssen, der Umsturz unserer Wissenschaft und das Zusammenbrechen des wirtschaftlichen Gefüges wären die Folgen gewesen. Die Verantwortung zwang mir einen anderen Weg auf. Ich ließ meine akademische Karriere fahren,[51] die Industrie fallen und überließ meine Familie ihrem Schicksal. Ich wählte die Narrenkappe.[52] Ich gab vor, der König Salomo erscheine mir, und schon sperrte man mich in ein Irrenhaus. 15 20 25

NEWTON Das war doch keine Lösung!

MÖBIUS Die Vernunft forderte diesen Schritt. Wir sind in unserer Wissenschaft an die Grenzen des Erkennbaren gestoßen. Wir wissen einige genau erfaßbare Gesetze, einige Grundbeziehungen zwischen unbe- 30

50 *Ohne . . . Haltung* No matter what you may think, politics would not persist without hope

51 *Ich . . . fahren* I relinquished my academic career

52 *Ich . . . Narrenkappe* I chose the fool's cap (i.e. I pretended to be mad)

greiflichen Erscheinungen, das ist alles, der gewaltige Rest bleibt Geheimnis, dem Verstande unzugänglich. Wir haben das Ende unseres Weges erreicht. Aber die Menschheit ist noch nicht so weit. Wir haben uns vorgekämpft,[53] nun folgt uns niemand nach, wir sind ins Leere gestoßen. Unsere Wissenschaft ist schrecklich geworden, unsere Forschung gefährlich, unsere Erkenntnisse tödlich. Es gibt für uns Physiker nur noch die Kapitulation vor der Wirklichkeit. Sie ist uns nicht gewachsen. Sie geht an uns zugrunde. Wir müssen unser Wissen zurücknehmen, und ich habe es zurückgenommen. Es gibt keine andere Lösung, auch für euch nicht.

EINSTEIN Was wollen Sie damit sagen?

MÖBIUS Ihr müßt bei mir im Irrenhaus bleiben.

NEWTON Wir?

MÖBIUS Ihr beide.

Schweigen.

NEWTON Möbius! Sie können von uns doch nicht verlangen, daß wir ewig —

MÖBIUS Ihr besitzt Geheimsender?[54]

EINSTEIN Na und?

MÖBIUS Ihr benachrichtigt eure Auftraggeber. Ihr hättet euch geirrt. Ich sei wirklich verrückt.

EINSTEIN Dann sitzen wir hier lebenslänglich. Gescheiterten Spionen kräht kein Hahn mehr nach.[55]

MÖBIUS Meine einzige Chance, doch noch unentdeckt zu bleiben. Nur im Irrenhaus sind wir noch frei. Nur im Irrenhaus dürfen wir noch denken. In der Freiheit sind unsere Gedanken Sprengstoff.

NEWTON Wir sind doch schließlich nicht verrückt.

MÖBIUS Aber Mörder.

53 *Wir . . . vorgekämpft* We have forged ahead
54 *Geheimsender* secret radio transmitters
55 *Gescheiterten . . . nach* Nobody gives a hoot for washed-up spies

Sie starren ihn verblüfft an.

NEWTON Ich protestiere!

EINSTEIN Das hätten Sie nicht sagen dürfen, Möbius!

MÖBIUS Wer tötet, ist ein Mörder, und wir haben getötet. Jeder von uns hatte einen Auftrag, der ihn in diese Anstalt führte. Jeder von uns tötete seine Krankenschwester für einen bestimmten Zweck. Ihr, um eure geheime Mission nicht zu gefährden, ich, weil Schwester Monika an mich glaubte. Sie hielt mich für ein verkanntes Genie.[56] Sie begriff nicht, daß es heute die Pflicht eines Genies ist, verkannt zu bleiben. Töten ist etwas Schreckliches. Ich habe getötet, damit nicht ein noch schrecklicheres Morden anhebe. Nun seid ihr gekommen. Euch kann ich nicht beseitigen, aber vielleicht überzeugen? Sollen unsere Morde sinnlos werden? Entweder haben wir geopfert oder gemordet. Entweder bleiben wir im Irrenhaus oder die Welt wird eines. Entweder löschen wir uns im Gedächtnis der Menschen aus oder die Menschheit erlischt.[57]

Schweigen.

NEWTON Möbius!

MÖBIUS Kilton?

NEWTON Diese Anstalt. Diese schrecklichen Pfleger. Diese bucklige Ärztin!

MÖBIUS Nun?

EINSTEIN Mann sperrt uns ein wie wilde Tiere!

MÖBIUS Wir sind wilde Tiere. Man darf uns nicht auf die Menschheit loslassen.

Schweigen.

NEWTON Gibt es wirklich keinen andern Ausweg?

MÖBIUS Keinen.

56 *ein verkanntes Genie* an unrecognized genius

57 *Entweder . . . erlischt* Either we obliterate ourselves from the memory of mankind or mankind will be obliterated

Schweigen.

EINSTEIN Johann Wilhelm Möbius. Ich bin ein anständiger Mensch. Ich bleibe.

Schweigen.

NEWTON Ich bleibe auch. Für immer. 5

Schweigen.

MÖBIUS Ich danke euch. Um der kleinen Chance willen, die nun die Welt doch noch besitzt, davonzukommen.

Er hebt sein Glas.

MÖBIUS Auf unsere Krankenschwestern! 10

Sie haben sich feierlich erhoben.

NEWTON Ich trinke auf Dorothea Moser.
DIE BEIDEN ANDERN Auf Schwester Dorothea!
NEWTON Dorothea! Ich mußte dich opfern. Ich gab dir den Tod für deine Liebe! Nun will ich mich deiner würdig 15 erweisen.
EINSTEIN Ich trinke auf Irene Straul.
DIE BEIDEN ANDERN Auf Schwester Irene!
EINSTEIN Irene! Ich mußte dich opfern. Dich zu loben und deine Hingabe zu preisen, will ich vernünftig 20 handeln.
MÖBIUS Ich trinke auf Monika Stettler.
DIE BEIDEN ANDERN Auf Schwester Monika!
MÖBIUS Monika! Ich mußte dich opfern. Deine Liebe segne die Freundschaft, die wir drei Physiker in deinem 25 Namen geschlossen haben. Gib uns die Kraft, als Narren das Geheimnis unserer Wissenschaft treu zu bewahren.

Sie trinken, stellen die Gläser auf den Tisch.

NEWTON Verwandeln wir uns wieder in Verrückte. Geistern 30 wir als Newton daher.[58]

58 *Geistern . . . daher* Let's haunt this place in the guise of Newton

Hildegard Steinmetz

EINSTEIN Fiedeln wir wieder Kreisler und Beethoven.
MÖBIUS Lassen wir wieder Salomo erscheinen.
NEWTON Verrückt, aber weise.
EINSTEIN Gefangen, aber frei.
MÖBIUS Physiker, aber unschuldig. 5

Die drei winken sich zu, gehen auf ihre Zimmer. Der Raum ist leer. Von rechts kommen McArthur und Murillo. Sie tragen nun beide eine schwarze Uniform mit Mütze und Pistolen. Sie räumen den Tisch ab. McArthur fährt den Wagen mit dem Geschirr nach rechts hinaus, Murillo stellt den runden Tisch vor das Fenster rechts, auf ihn die umgekehrten Stühle, wie beim Aufräumen in einer Wirtschaft. Dann geht auch Murillo nach rechts hinaus. Der Raum ist wieder leer. Dann kommt von rechts Fräulein Doktor Mathilde von Zahnd. Wie immer mit weißem Ärztekittel. Stethoskop. Sie schaut sich um. Endlich kommt noch Sievers, ebenfalls in schwarzer Uniform. 10 15

OBERPFLEGER Boß. 20
FRL. DOKTOR Sievers, das Bild.

McArthur und Murillo tragen ein großes Porträt in einem schweren goldenen Rahmen herein, einen General darstellend. Sievers hängt das alte Porträt ab und das neue auf. 25

FRL. DOKTOR Der General Leonidas von Zahnd ist hier besser aufgehoben als bei den Weibern. Er sieht immer noch großartig aus, der alte Haudegen,[59] trotz seines Basedows.[60] Er liebte Heldentode, und sowas hat in diesem Hause ja nun stattgefunden. 30

59 *der alte Haudegen* the old warhorse
60 *Basedows* Basedow's disease (named after Carl A. von Basedow, German physician, 1790-1854; also known as Grave's disease or exophthalmic goiter)

Sie betrachtet das Bild ihres Vaters.

FRL. DOKTOR Dafür kommt der Geheimrat in die Frauenabteilung zu den Millionärinnen. Stellt ihn einstweilen in den Korridor.

McArthur und Murillo tragen das Bild nach rechts hinaus. 5

FRL. DOKTOR Ist Generaldirektor Fröben gekommen mit seinen Helden?

OBERPFLEGER Sie warten im grünen Salon. Soll ich Sekt und Kaviar bereitstellen? 10

FRL. DOKTOR Die Koryphäen[61] sind nicht da, um zu schlemmen, sondern um zu arbeiten.

Sie setzt sich aufs Sofa.

FRL. DOKTOR Holen Sie nun Möbius, Sievers.

OBERPFLEGER Zu Befehl, Boß. 15

Er geht zu Zimmer Nummer 1, öffnet die Türe.

OBERPFLEGER Möbius, rauskommen!

Möbius erscheint. Wie verklärt.[62]

MÖBIUS Eine andächtige Nacht. Tiefblau und fromm. Die Nacht des mächtigen Königs. Sein weißer Schatten 20 löst sich von der Wand. Seine Augen leuchten.

Schweigen.

FRL. DOKTOR Möbius. Auf Anordnung des Staatsanwaltes darf ich nur in Anwesenheit eines Wärters mit Ihnen reden.

MÖBIUS Verstehe, Fräulein Doktor. 25

FRL. DOKTOR Was ich zu sagen habe, geht auch Ihre Kollegen an.

McArthur und Murillo sind zurückgekommen.

FRL. DOKTOR McArthur und Murillo. Holt die beiden andern.

61 *Die Koryphäen* (sarcastic) the celebrities ("big-wheels") (in Greek drama, the *coryphaeus* was the chorus leader)
62 *Wie verklärt* He seems transfigured

McArthur und Murillo öffnen die Türen Nummer 2 und 3.

MURILLO UND MCARTHUR Rauskommen!

Newton und Einstein kommen. Auch verklärt. 5

NEWTON Eine geheimnisvolle Nacht. Unendlich und erhaben. Durch das Gitter meines Fensters funkeln Jupiter und Saturn, offenbaren die Gesetze des Alls.

EINSTEIN Eine glückliche Nacht. Tröstlich und gut. Die Rätsel schweigen, die Fragen sind verstummt. Ich möchte 10 geigen und nie mehr enden.

FRL. DOKTOR Alex Jasper Kilton und Joseph Eisler, ich habe mit euch zu reden.

Die beiden starren sie verwundert an.

NEWTON Sie — wissen? 15

Die beiden wollen ihre Revolver ziehen, werden aber von Murillo und McArthur entwaffnet.

FRL. DOKTOR Ihr Gespräch, meine Herren, ist abgehört worden; ich hatte schon längst Verdacht geschöpft. Holt Kiltons und Eislers Geheimsender, McArthur und 20 Murillo.

OBERPFLEGER Die Hände hinter den Nacken, ihr drei!

Möbius, Einstein und Newton legen die Hände hinter den Nacken, McArthur und Murillo gehen in Zimmer 2 und 3. 25

NEWTON Drollig!

Er lacht. Allein. Gespenstig.

EINSTEIN Ich weiß nicht —

NEWTON Ulkig!

Hildegard Steinmetz

Lacht wieder. Verstummt. McArthur und Murillo kommen mit den Geheimsendern zurück.

OBERPFLEGER Hände runter!

Die Physiker gehorchen. Schweigen.

FRL. DOKTOR Die Scheinwerfer, Sievers. 5

OBERPFLEGER OK, Boß.

Er hebt die Hand. Von außen tauchen Scheinwerfer die Physiker in ein blendendes Licht.[63] *Gleichzeitig hat Sievers innen das Licht ausgelöscht.*

FRL. DOKTOR Die Villa ist von Wärtern umstellt. Ein Fluchtversucht ist sinnlos. 10

Zu den Pflegern.

FRL. DOKTOR Raus ihr drei!

Die drei Pfleger verlassen den Raum, tragen die Waffen und Geräte hinaus. Schweigen. 15

FRL. DOKTOR Nur ihr sollt mein Geheimnis wissen. Ihr allein von den Menschen. Weil es keine Rolle mehr spielt, wenn ihr es wißt.

Schweigen.

FRL. DOKTOR Auch mir ist der goldene König Salomo erschienen. 20

Die drei starren sie verblüfft an.

MÖBIUS Salomo?

FRL. DOKTOR All die Jahre.

Newton lacht leise auf.

FRL. DOKTOR *unbeirrbar:* Zuerst in meinem Arbeitszimmer. An einem Sommerabend. Draußen schien noch die Sonne 25

63 *Von . . . Licht* From outside klieg lights are flooding the physicists with glaring light

und im Park hämmerte ein Specht, als auf einmal der goldene König heranschwebte. Wie ein gewaltiger Engel.

EINSTEIN Sie ist wahnsinnig geworden.

FRL. DOKTOR Sein Blick ruhte auf mir. Seine Lippen öffneten sich. Er begann mit seiner Magd[64] zu reden. Er war von den Toten auferstanden, er wollte die Macht wieder übernehmen, die ihm einst hienieden gehörte, er hatte seine Weisheit enthüllt, damit in seinem Namen Möbius auf Erden herrsche.

EINSTEIN Sie muß interniert werden. Sie gehört in ein Irrenhaus.

FRL. DOKTOR Aber Möbius verriet ihn. Er versuchte zu verschweigen, was nicht verschwiegen werden konnte. Denn was ihm offenbart worden war, ist kein Geheimnis. Weil es denkbar ist. Alles Denkbare wird einmal gedacht.[65] Jetzt oder in der Zukunft. Was Salomo gefunden hatte, kann einmal auch ein anderer finden, es sollte die Tat des goldenen Königs bleiben, das Mittel zu seiner heiligen Weltherrschaft und so suchte er mich auf, seine unwürdige Dienerin.

EINSTEIN *eindringlich:* Sie sind verrückt. Hören Sie, Sie sind verrückt.

FRL. DOKTOR Er befahl mir, Möbius abzusetzen und an seiner Stelle zu herrschen. Ich gehorchte dem Befehl. Ich war Ärztin und Möbius mein Patient. Ich konnte mit ihm tun, was ich wollte. Ich betäubte ihn, jahrelang, immer wieder, und photokopierte die Aufzeichnungen des goldenen Königs, bis ich auch die letzten Seiten besaß.

NEWTON Sie sind übergeschnappt! Vollkommen! Begreifen Sie doch endlich! *[leise]* Wir alle sind übergeschnappt.

FRL. DOKTOR Ich ging behutsam vor. Ich beutete zuerst nur wenige

64 *Magd* maiden, virgin (used here in its biblical sense)
65 *Alles . . . gedacht* Anything conceivable will be conceived of one day

Erfindungen aus, das nötige Kapital anzusammeln. Dann gründete ich Riesenwerke, erstand eine Fabrik um die andere und baute einen mächtigen Trust auf. Ich werde das System aller möglichen Erfindungen auswerten, meine Herren. 5

MÖBIUS *eindringlich:* Fräulein Doktor Mathilde von Zahnd: Sie sind krank. Salomo ist nicht wirklich. Er ist mir nie erschienen.

FRL. DOKTOR Sie lügen.

MÖBIUS Ich habe ihn nur erfunden, um meine Entdeckungen geheim zu halten. 10

FRL. DOKTOR Sie verleugnen ihn.

MÖBIUS Nehmen Sie Vernunft an.[66] Sehen Sie doch ein, daß Sie verrückt sind.

FRL. DOKTOR Ebensowenig wie Sie. 15

MÖBIUS Dann muß ich der Welt die Wahrheit entgegenschreien. Sie beuteten mich all die Jahre aus. Schamlos. Sogar meine arme Frau ließen Sie noch zahlen.

FRL. DOKTOR Sie sind machtlos, Möbius. Auch wenn Ihre Stimme in die Welt hinausdränge,[67] würde man Ihnen nicht glauben. Denn für die Öffentlichkeit sind Sie nichts anderes als ein gefährlicher Verrückter. Durch Ihren Mord. 20

Die drei ahnen die Wahrheit.

MÖBIUS Monika? 25

EINSTEIN Irene?

NEWTON Dorothea?

FRL. DOKTOR Ich nahm nur eine Gelegenheit wahr. Das Wissen Salomos mußte gesichert und euer Verrat bestraft werden. Ich mußte euch unschädlich machen. Durch eure Morde. Ich hetzte die drei Krankenschwestern auf euch. Mit eurem Handeln konnte ich rechnen. 30

66 *Nehmen . . . an* Be reasonable
67 *Auch . . . hinausdränge* Even if your voice could reach the outside world

Ihr waret bestimmbar wie Automaten[68] und habt getötet wie Henker.

Möbius will sich auf sie stürzen, Einstein hält ihn zurück.

FRL. DOKTOR Es ist sinnlos, Möbius, sich auf mich zu stürzen. So wie es sinnlos war, Manuskripte zu verbrennen, die ich schon besaß. 5

Möbius wendet sich ab.

FRL. DOKTOR Was euch umgibt, sind nicht mehr die Mauern einer Anstalt. Dieses Haus ist die Schatzkammer meines Trusts. Es umschließt drei Physiker, die allein außer mir die Wahrheit wissen. Was euch in Bann hält, sind keine Irrenwärter: Sievers ist der Chef meiner Werkpolizei. Ihr seid in euer eigenes Gefängnis geflüchtet. Salomo hat durch euch gedacht, durch euch gehandelt, und nun vernichtet er euch. Durch mich. 10 15

Schweigen.

FRL. DOKTOR Ich aber übernehme seine Macht. Ich fürchte mich nicht. Meine Anstalt ist voll von verrückten Verwandten, mit Schmuck behängt und Orden. Ich bin die letzte Normale meiner Familie. Das Ende. Unfruchtbar, nur noch zur Nächstenliebe geeignet.[69] Da erbarmte sich Salomo meiner. Er, der tausend Weiber besitzt, wählte mich aus. Nun werde ich mächtiger sein als meine Väter. Mein Trust wird herrschen, die Länder, die Kontinente erobern, das Sonnensystem ausbeuten, nach dem Andromedanebel[70] fahren. Die Rechnung ist aufgegangen.[71] Nicht 20 25

68 *Ihr . . . Automaten* You were as predictable as automata
69 *Unfruchtbar . . . geeignet* Barren, capable only of love for my neighbor
70 *Andromedanebel* the great Andromeda Nebula (the brightest of the spiral nebulae)
71 *Die Rechnung ist aufgegangen* The accounts are settled

zu Gunsten der Welt, aber zu Gunsten einer alten, buckligen Jungfrau.

Sie läutet mit einer kleinen Glocke. Von rechts kommt der Oberpfleger.

OBERPFLEGER Boß? 5

FRL. DOKTOR Gehen wir, Sievers. Der Verwaltungsrat wartet. Das Weltunternehmen startet, die Produktion rollt an.[72]

Sie geht mit dem Oberpfleger nach rechts hinaus. Die drei Physiker sind allein. Stille. Alles ist ausgespielt. Schweigen. 10

NEWTON Es ist aus.[73]

Er setzt sich aufs Sofa.

EINSTEIN Die Welt ist in die Hände einer verrückten Irrenärztin gefallen.

Er setzt sich zu Newton. 15

MÖBIUS Was einmal gedacht wurde, kann nicht mehr zurückgenommen werden.

Möbius setzt sich auf den Sessel links vom Sofa. Schweigen. Sie starren vor sich hin. Dann reden sie ganz ruhig, selbstverständlich, stellen sich einfach 20 *dem Publikum vor.*

NEWTON Ich bin Newton. Sir Isaak Newton. Geboren am 4. Januar 1643 in Woolsthorpe bei Grantham. Ich bin Präsident der Royal-Society.[74] Aber es braucht sich deshalb keiner zu erheben. Ich schrieb: Die mathe- 25 matischen Grundlagen der Naturwissenschaft. Ich sagte: Hypotheses non fingo.[75] In der experimentel-

72 *die Produktion rollt an* production is starting
73 *Es ist aus* It's all over
74 *Royal-Society* (In England, a government-sponsored society for the advancement of learning, founded in 1662.)
75 *Hypotheses non fingo* (Latin) I do not invent hypotheses (i.e. I am loath to dabble in merely speculative thought)

len Optik, in der theoretischen Mechanik und in der höheren Mathematik sind meine Leistungen nicht unwichtig, aber die Frage nach dem Wesen der Schwerkraft mußte ich offen lassen. Ich schrieb auch theologische Bücher. Bemerkungen zum Propheten 5 Daniel und zur Johannes-Apokalypse.[76] Ich bin Newton. Sir Isaak Newton. Ich bin Präsident der Royal-Society.

Er erhebt sich und geht auf sein Zimmer.

EINSTEIN Ich bin Einstein. Professor Albert Einstein. Geboren 10 am 14. März 1879 in Ulm. 1902 wurde ich Experte am eidgenössischen Patentamt[77] in Bern. Dort stellte ich meine spezielle Relativitätstheorie auf, die die Physik veränderte. Dann wurde ich Mitglied der Preußischen Akademie der Wissenschaft. Später 15 wurde ich Emigrant. Weil ich ein Jude bin. Von mir stammt die Formel $E = mc^2$, der Schlüssel zur Umwandlung von Materie in Energie. Ich liebe die Menschen und liebe meine Geige, aber auf meine Empfehlung hin[78] baute man die Atombombe. Ich 20 bin Einstein. Professor Albert Einstein. Geboren am 14. März 1879 in Ulm.

Er erhebt sich und geht in sein Zimmer. Dann hört man ihn geigen: Kreisler. Liebesleid.

MÖBIUS Ich bin Salomo. Ich bin der arme König Salomo. Einst 25 war ich unermeßlich reich, weise und gottesfürchtig. Ob meiner Macht erzitterten die Gewaltigen.[79] Ich war ein Fürst des Friedens und der Gerechtigkeit. Aber meine Weisheit zerstörte meine Gottesfurcht,

76 *Bemerkungen . . . Apokalypse* (Some reports maintain that Newton was prouder of his biblical exegesis than of his scientific achievements.)
77 *eidgenössischen Patentamt* the Swiss Patent Office
78 *auf . . . hin* as a result of my recommendation
79 *Ob . . . Gewaltigen* The mighty trembled before my power (*ob* + gen. (archaic) = on account of)

und als ich Gott nicht mehr fürchtete, zerstörte meine Weisheit meinen Reichtum. Nun sind die Städte tot, über die ich regierte, mein Reich leer, das mir anvertraut worden war, eine blauschimmernde Wüste,[80] und, irgendwo, um einen kleinen, gelben, namenlosen Stern, kreist, sinnlos, immerzu, die radioaktive Erde. Ich bin Salomo, ich bin Salomo, ich bin der arme König Salomo. 5

Er geht auf sein Zimmer. Nun ist der Salon leer. Nur noch die Geige Einsteins ist zu hören. 10

ENDE

80 *eine . . . Wüste* a glistening, blue desert

Akt 1 Übungen

FRAGEN

[Die angegebenen Zahlen beziehen sich auf die Seiten dieser Ausgabe.]

10-19 Für wen hält sich Herr Ernesti?

Womit hat er die Schwester Irene erdrosselt?

Worauf besteht die Oberschwester, als dem Inspektor das Wort „Mord" entschlüpft?

Auf welche Weise beruhigt sich Ernesti—alias Einstein—nach dem von ihm begangenen Mord?

Welche Beruhigungstherapie mußte drei Monate früher für Herrn Georg Beutler—alias Newton—angewandt werden?

In welcher Verkleidung kommt Beutler aus seinem Zimmer?

Aus welchem Grunde ist Beutler angeblich Physiker geworden?

Wie entschuldigt Newton den von ihm an Schwester Dorothea Moser verübten Mord?

Warum will Newton angeblich nicht bekanntmachen, daß er in Wahrheit Einstein sei?

Auf welche Weise versucht Newton dem Inspektor weiszumachen, daß eigentlich er—der Inspektor—der Verbrecher sei?

21-3 Wie erklärt Frl. Dr. von Zahnd dem Inspektor die Tatsache, daß ihr verstorbener Vater alle Menschen haßte?

Wie schätzt sie Irrenärzte ein im Vergleich mit ihrem verstorbenen Vater, dem Wirtschaftsführer?

Vor wem scheint das Fräulein Doktor einen gewissen Respekt zu haben?

Wie kommt dieser Respekt in der Szene zwischen dem Inspektor und dem Fräulein Doktor zum Ausdruck?

Wer bestimmt in der Anstalt, für wen sich die Patienten halten? Welchen Grund gibt das Fräulein Doktor dafür an?

Worüber beschwert sich der Inspektor?

Welches Beispiel erwähnt das Fräulein Doktor als Beweis für ihre Behauptung, daß Gesunde ebenso zum Morden geneigt sind wie Verrückte?

Womit hofft sie ihre Patienten in Schach zu halten?

25-8 Welche Art von Vorfällen kann sich das Fräulein Doktor in ihrem Sanatorium ganz und gar nicht leisten?

Worauf wälzt sie die Verantwortung für die „Unglücksfälle" ab?

Welche Vermutung will sie im Inspektor wachrufen in bezug auf die Geistesstörung Newtons und Einsteins?

Wer wurde nach dem ersten „Unglücksfall" in den Neubau übergesiedelt?

Auf welche Art und Weise steuerten die Verwandten zum Neubau bei?

Wer ist der dritte der im alten Gebäude zurückgelassenen Patienten?

Was erfahren wir aus seiner Krankheitsgeschichte?

Was verlangt der Staatsanwalt—den Aussagen des Inspektors gemäß?

Was kündet Frl. Dr. von Zahnd der Oberschwester an?

Wie nimmt diese das Vorhaben auf?

Welchen Eindruck erweckt in Ihnen das Fräulein Doktor nach ihrem ersten Auftreten in bezug auf physische Erscheinung, Charakter und Geistesverfassung?

29-33 Mit welcher Neuigkeit überrascht Frau Rose das Fräulein Doktor?

Auf welche Weise äußert sich der Prediger in Missionar Rose gleich bei der Begrüßung?

Warum trägt das Aufheben der Lampenschnur durch Jörg-Lukas zur Erhöhung der dramatischen Spannung bei?

Was hält Frau Rose für schicklich? Warum?

An welcher verrückten Vorstellung leidet Möbius?

Worum hat sich die Psychiatrie ausschließlich zu kümmern—nach Frl. Dr. von Zahnds Meinung?

Wie steht es angeblich um Möbius' Nervenzustand?

Wofür interessiert sich Möbius kaum mehr?

Was hatte Frau Rose ihrem ehemaligen Gatten—Möbius— ermöglicht?

Was bringt sie von nun an nicht mehr auf?

Warum hat es Frau Rose jetzt noch schwerer als früher?

Worüber macht sich Frau Rose die heftigsten Vorwürfe?

Was erachtet das Fräulein Doktor als ihre Pflicht?

34-42 Welchen Eindruck erweckt Möbius bei seinem ersten Erscheinen?

Wie verhält er sich anfänglich seiner Familie gegenüber?

Welche Erinnerung ruft der Wunsch Adolf-Friedrichs, Pfarrer zu werden, in Möbius wach?

Warum erscheint Wilfried-Kaspar als ein besonders frühreifes Kind?

Welchen Rat gibt Möbius seinem Jüngsten, als dieser ihm ankündet, daß er Physiker werden möchte?

Worin sucht Möbius den Grund für seine Nervenzerrüttung?

Wie nimmt Möbius die Nachricht von der Scheidung und Wiederverheiratung seiner Frau auf?

Auf welches Können ihres neuen Gatten scheint Frau Rose besonders stolz zu sein?

In welcher Hinsicht sind die Buben—nach Frau Rose—bemerkenswert?

Warum wird sich gerade der König Salomo—der Meinung des Missionars Rose nach—am Flötenspiel der Knaben erfreuen?

Was ist—nach Möbius—aus dem weisen Salomo geworden?

In welcher Stellung trägt Möbius seinen *Psalm Salomos* vor? Was will der Autor damit andeuten?

Wem ist dieser *Psalm* gewidmet?

Was hält Möbius von der Absicht des modernen Menschen, den Weltraum zu erobern?

Auf welche überraschende Weise endet diese Szene?

42-5 Welche Wirkung hat das Erscheinen der Schwester Monika auf Möbius?

Was muß Möbius unter dem Drängen Monikas zugeben?

Was wollte er mit seinem wahnsinnigen Betragen erzielen?

Warum glaubte er, der Augenblick sei günstig, einen Schlußstrich unter die Vergangenheit zu ziehen?

Weshalb wird Schwester Monika ins Hauptgebäude versetzt?

Welchen Einfluß hat Schwester Monika in den letzten zwei Jahren auf Möbius ausgeübt—nach dessen eigenem Geständnis?

Woran glaubt Schwester Monika angeblich?

Welchen paradoxen Rat gibt Möbius der Schwester Monika, gerade als er im Begriff ist, ihr seine Liebe zu gestehen?

Warum fürchtet Schwester Monika für Möbius?

46-53 Woran erinnert sich Einstein plötzlich?

Welche Geständnisse legt Einstein ab?

Wozu fordert er Schwester Monika auf, bevor er sich wieder auf sein Zimmer zurückzieht?

Welchen Fehler glaubt Möbius lebenslänglich im Irrenhaus abbüßen zu müssen?

Wem will Monika von nun an ihr Leben widmen?

An wem hat Möbius Verrat geübt—nach Schwester Monikas Behauptung?

Was erwidert Möbius auf diese Anschuldigung?

Warum will Möbius nicht für die Anerkennung der Macht Salomos kämpfen?

Wie hatte Frl. Dr. von Zahnd die Nachricht von Schwester Monikas beabsichtigter Heirat mit Möbius aufgenommen?

Wie gedenkt Monika ihrer beider Lebensunterhalt zu verdienen?

Mit wem hat sie zugunsten Möbius' gesprochen?

Wovon versucht sie hartnäckig Möbius zu überzeugen?

In welcher Gemütsverfassung erdrosselt Möbius Schwester Monika?

I (Seite 10-13)
Wählen Sie für jeden Ausdruck in Liste A ein oder zwei Synonyme aus Liste B.

A	B
1. Täter ———	a. zweifelsohne
2. sich halten für ———	b. leichtfertig
3. eindeutig ———	c. verwirrt werden
4. unverantwortlich ———	d. sich ereignen
5. vorkommen ———	e. erlauben
6. aufhören ———	f. wegtragen
7. vernehmen	g. Verbrecher
8. zulassen ———	h. sich einbilden . . . zu sein
9. durcheinander kommen ———	i. verhören
10. hinausschaffen ———	j. innehalten
	k. geschehen
	l. sich vorstellen . . . zu sein
	m. billigen

Gebrauchen Sie die Ausdrücke unter A mündlich oder schriftlich in vollständigen Sätzen und nehmen Sie die passenden synonymischen Ersetzungen vor.

II (Seite 15-19)
Vervollständigen Sie die Sätze unter A mit einem passenden Ausdruck aus Liste B in der vom Satzzusammenhang erforderten grammatikalischen Form.

A	B
1. Sie ist viel zu gutmütig, sie wird von jedermann ———.	a. sich abspielen
	b. sich anstrengen
2. Sein Zustand ist hoffnungslos. Die Ärzte	c. sich ausgeben

——— nichts mehr gegen die Krankheit.
3. Wir redeten alle laut durcheinander und hörten nicht, was ——— im Nebenzimmer ———.
4. Wenn Sie Ihr Ziel erreichen wollen, müssen Sie ———.
5. Ich glaube seinen Aussagen nur halb. Er ——— für mehr ——— als er wirklich ist.
6. Wenn ihm etwas Unangenehmes geschieht, ——— er immer wie ein Irrsinniger.

d. ausnützen
e. vermögen
f. toben

III (Seite 21-3)
Vervollständigen Sie die Sätze unter A mit einem passenden Ausdruck aus Liste B in der vom Satzzusammenhang erforderten grammatikalischen Form.

A

1. Er weigert sich, seinen Irrtum ———.
2. Die ——— in dieser Heilanstalt lassen zu wünschen übrig.
3. Er konnte seine Aufregung nicht mehr meistern und ——— unruhig im Zimmer auf und ab.
4. Plötzlich stand er still und ——— aufmerksam seine Umgebung.
5. Der Großvater saß im Lehnstuhl und ———.
6. Während Ihrer Ferien ——— Ihnen unser Haus jederzeit ———.
7. Sein unerwarteter Erfolg ——— mich.
8. Das Unwetter hat hier ganz übel ———.
9. ——— doch schnell das Geschirr ———, bevor unsre Gäste vor der Tür stehen!
10. Man will dieses Gebäude in ein Spital ———.

B

a. vor sich hinpaffen
b. stapfen
c. betrachten
d. hausen
e. umwandeln
f. abräumen
g. verblüffen
h. zugeben
i. Sicherheitsmaßnahmen
j. zur Verfügung stehen

IV

Suchen Sie aus der folgenden Liste je ein Synonym für einige der oben aufgeführten Ausdrücke und ersetzen Sie sie in den Übungen.

1. umbauen
2. (ein)gestehen
3. Vorsichtsmaßregeln
4. mustern
5. rauchen
6. überraschen

V (Seite 25-7)

Suchen Sie in Liste B ein oder zwei Synonyme für jeden Ausdruck in Liste A.

A	B
1. sich zurückziehen ———	a. Mißtrauen
2. Gutachten ———	b. sich nicht bewähren
3. Vorfall —	c. in die Augen springen
4. versagen ———	d. beitragen
5. auffallen ———	e. sich etwas erlauben
6. Argwohn ———	f. Befund
7. ins Auge fassen ———	g. betrachtet werden
8. übersiedeln ———	h. entsprechen
9. sich etwas leisten ———	i. Geschehnis
10. beisteuern ———	j. in Betracht ziehen
11. gleichkommen ———	k. Begebenheit
12. gelten ———	l. umziehen
	m. zurückkehren
	n. Verdacht

VI

Studieren Sie in den folgenden Sätzen die verschiedenen Bedeutungen der zwei Verben.

A. *(sich) versagen*

1. Sie sollte ihre Auto-Fahrprüfung bestehen, *versagte* aber vollständig.
2. Er arbeitet unermüdlich und *versagt sich* auch die kleinsten Freuden.
3. Er *hat* mir diesen Freundesdienst *versagt*.

B. *gelten*

1. Ihr Freund *gilt* sehr viel in der hiesigen Gesellschaft.
2. Diese böse Bemerkung *galt* mir.
3. Jetzt *gilt's*, unsern Vorteil auszunützen.
4. Diese Briefmarke *gilt* nicht mehr.
5. Wo es *galt*, schreckte er vor keinem persönlichen Opfer zurück.
6. Er darf als guter Menschenkenner *gelten*.

VII

Ersetzen Sie das Verb *(sich) leisten* in den folgenden Sätzen mit einem gleichbedeutenden Ausdruck aus Liste B.

A

1. Er *hat sich* da einen tollen Streich *geleistet*.
2. Ich kann *mir* dieses Jahr keine teure Ferienreise *leisten*.
3. Einige Studenten *leisten* sehr gute Arbeit.
4. Sie sollten sich Ihres Erfolges freuen. Sie *haben* wirklich ganz Hervorragendes *geleistet*.

B

a. vollbringen
b. sich gestatten (oder: sich erlauben)
c. liefern

VIII (Seite 27-8)

Ersetzen Sie in den folgenden Sätzen die kursivgedruckten Verben mit einem Synonym aus Liste B.

A

verlangen

1. Unser Chef *verlangt* das Äußerste von seinen Angestellten.
2. Es *verlangt* ihn nach Ruhm und Ehre.

greifen (und Verbindungen)

1. Wir waren hungrig und *griffen* wacker *zu.*
2. Ich werde die Gelegenheit *ergreifen,* Ihnen einen Besuch abzustatten.
3. Die Epidemie *griff* mit rasender Schnelligkeit *um sich.*
4. Der Dieb *wurde* kurz nach dem Einbruch *ergriffen.*
5. In der Dunkelheit *griff* ich aufs Geratewohl *vor mich hin.*

stutzen

1. Jede Woche lässt er sich seinen Bart *stutzen.*
2. Ich vernahm ein ungewohntes Geräusch und *stutzte.*

B

a. sich ausbreiten
b. umhertappen
c. scheren
d. erfassen
e. dürsten
f. verhaften
g. zurückschrecken
h. zulangen
i. fordern

IX (Seite 29-32)

Vervollständigen Sie die Sätze unter A mit einem passenden Ausdruck aus Liste B in der vom Satzzusammenhang erforderten grammatikalischen Form.

A

1. Sie scheinen zu zögern. Haben Sie noch einige ———?
2. Fahr doch das Auto zur Garage. Ein Ölwechsel ——— wieder einmal ———.
3. In gewissen Gesellschaftskreisen hält man es nicht für ———, wenn Frauen rauchen.
4. Obwohl sie noch sehr jung ist, ——— sie

B

a. walten
b. schicklich
c. Bedenken
d. sich einpuppen
e. fällig sein
f. verschlingen

mit Umsicht in ihrem großen Haus.

5. Er war in großer Eile und ——— hastig das ihm vorgesetzte Essen.
6. Immer mehr zieht er sich von seinen Freunden zurück und ——— in seine eigene Welt ———.

X

Studieren Sie in den folgenden Sätzen die Bedeutung der beiden Verben und ihrer Verbindungen.

bilden

1. Raketengeschosse *bilden* einen wichtigen Bestandteil der Landesverteidigung.
2. Er *bildet sich* sehr viel auf sein Können *ein.*
3. Im modernen Schulwesen *haben sich* im Laufe der letzten Jahrzehnte schwierige Probleme *herausgebildet.*
4. Sie *bildet sich* zur Lehrerin *aus.*
5. Durch Auspuffgase und Rauch *bildet sich* in vielen Großstädten ein ungesundes Klima.

heißen

1. Der Lehrer *hieß* ihn schweigen.
2. Wir *heißen* Sie herzlich willkommen.
3. Ich kann Ihren Plan nicht *gutheißen.*
4. Sie *hieß* ihn einen Lügner.
5. Was soll denn das *heißen*?
6. Jetzt *heißt's,* mutig zu sein.
7. Wie *heißen* Sie?

XI

Ersetzen Sie in den folgenden Sätzen das Verb *stehen* und seine Zusammensetzungen mit einem gleichsinnigen Ausdruck aus Liste B in der richtigen grammatikalischen Form.

A

1. Es *steht* schlimm *um* ihn.
2. Dieser Hut *steht* ihr sehr gut.
3. Seit Jahren *stehe* ich ihm sehr *nahe.*
4. Ich werde unter allen Umständen *zu* Ihnen *stehen.*

B

a. kleiden (+ Akkusativ)
b. gut befreundet sein mit
c. bestellt sein um
d. halten zu

XII (Seite 32-4)

Vervollständigen Sie die Sätze unter A mit einem passenden Ausdruck aus Liste B in der vom Satzzusammenhang erforderten grammatikalischen Form.

A

1. Sie dürfen sich auf uns verlassen. Wir werden Sie nicht ———.
2. Ich ——— den Mut nicht ———, meinen Irrtum einzugestehen.
3. Er wird diese Stellung nicht annehmen. Die ——— ist sehr schlecht.
4. Sie haben sich überanstrengt. Sie sehen ja ganz ——— aus.
5. Die diesjährige Obsternte ist ———.
6. Sie ——— sehr über das Mißgeschick ihres Sohnes.
7. Er nimmt nicht die geringste Rücksicht auf ihre Krankheit. Welch ein ———!
8. Ich mache mir oft ———, ihm in seiner Not nicht geholfen zu haben.
9. Er weiß seine Interessen nicht zu wahren. Dazu ist viel zu ———.

B

a. erschöpft
b. aufbringen
c. Besoldung
d. kärglich
e. Vorwürfe
f. im Stiche lassen
g. sich grämen
h. Unmensch
i. unbeholfen

XIII (Seite 35-7)

Bilden Sie Sätze mit den folgenden Ausdrücken.

1. sich etwas aus dem Kopf schlagen
2. die Nerven sind angegriffen
3. ins Herz schließen

XIV (Seite 37-42)

Vervollständigen Sie die Sätze unter A mit einem passenden Ausdruck aus Liste B in der vom Satzzusammenhang erforderten Form.

A	B
1. Er ——— einen Augenblick ———, aber dann kam seine Rede wieder in Fluß.	a. aufbrechen
2. Ganz verstört ——— er in einer Ecke und starrte vor sich hin.	b. begabt
3. Wir gingen bald zur Ruhe und ——— am nächsten Tag schon im Morgengrauen ———.	c. innehalten
4. Er ließ uns nicht eintreten und befahl uns unwirsch, ———.	d. kauern
5. Mein Freund ist musikalisch sehr ———.	e. sich packen

XV

Im *Psalm Salomos* und in Möbius' Wutanfall kommen die folgenden mehr oder weniger vulgären Ausdrücke vor. Suchen Sie aus Liste B verschiedene (mehr literarische!) Synonyme für jeden Ausdruck unter A.

A

1. abhauen ———
2. verrecken ———
3. fressen ———
4. (voll)kotzen ———
5. Fratze ———
6. abschieben ———
7. versaufen ———

B

a. ertrinken
b. sterben
c. essen
d. Gesicht
e. erbrechen
f. verenden
g. untergehen
h. sich davonmachen
i. Grimasse
j. verschlingen
k. sich aus dem Staube machen
l. sich übergeben
m. sich packen

XVI (Seite 42-5)

Vervollständigen Sie die Sätze unter A mit einem gleichsinnigen Ausdruck aus Liste B in der vom Satzzusammenhang erforderten grammatikalischen Form.

A

1. Er hat die Beförderung abgelehnt, denn er will sich nicht in ein fremdes Land ——— lassen.
2. Bei meiner Rückkehr hat sie mir einen unangenehmen ——— bereitet.
3. Seine Freunde langweilen mich zu Tode mit ihren ständigen ———.
4. In seiner Wut ließ er einige sehr ——— Bemerkungen fallen.

B

a. heftig
b. sich verstellen
c. Auftritt
d. einen Schlußstrich ziehen
e. versetzen
f. Fachsimpelei
g. Abgeschlossenheit
h. Pech haben

5. Er zieht anscheinend seine akademische ——— dem politischen Getriebe vor.
6. Trotz seiner Eigenarten ——— ich sehr gut mit ihm ———.
7. Seit Monaten grämen Sie sich über dieses Mißgeschick. Sie sollten ——— darunter ———.
8. Niemand holte sie am Bahnhof ab. ——— irrte sie im Gebäude herum.
9. Er ist bei einem Flugzeugabsturz ———.
10. Ein guter Diplomat muß ——— hie und da zu ——— wissen.
11. Unsere Verluste sind beträchtlich. Mit dem neuen Produkt ——— wir ausgesprochenes ———.

i. ratlos
j. auskommen
k. umkommen

XVII (Seite 46-53)
Wählen Sie aus Liste B ein oder zwei Synonyme für jeden Ausdruck unter A.

A

1. sich verdüstern
2. anflehen
3. verraten
4. sich einsetzen für
5. unvoreingenommen
6. zuteil werden

B

a. kämpfen für
b. preisgeben
c. verteidigen
d. sachlich
e. beschieden sein
f. sich verfinstern
g. bitten
h. sich überschatten

Gebrauchen Sie die Ausdrücke unter A mündlich oder schriftlich in vollständigen Sätzen und nehmen Sie die passenden synonymischen Ersetzungen vor.

XVIII

Studieren Sie in den folgenden Sätzen die Bedeutung der verschiedenen Zusammensetzungen des Verbes *laden.*

1. Ich bin zum Mittagessen *eingeladen* worden.
2. Er hat zu viele Verpflichtungen *auf sich geladen.*
3. Da wir uns weigerten, die Buße zu entrichten, wurden wir *vor das Gericht geladen.*
4. Die bestellte Ware wurde gestern auf einen Güterzug *verladen.*

INHALTSANGABEN

(Seite 10-19)

Vervollständigen Sie die folgenden zwei Abschnitte mit den unter B angeführten Ausdrücken in der vom Satzzusammenhang erforderten Form.

A

Inspektor Voß und einige Kriminalbeamte ——— in der „Villa" des privaten Sanatoriums *Les Cerisiers* um die Leiche Irene Straubs, einer Krankenschwester, die von einem der drei dort hausenden Patienten ——— wurde. Der Inspektor ——— die Oberschwester Boll. Aus ——— geht hervor, daß der Mord von einem Patienten verübt wurde, der ——— Einstein ———. Nach ——— der Leiche erscheint Herbert Georg Beutler im Kostüm des achtzehnten Jahrhunderts. Er ———, Newton zu sein.
Vor drei Monaten hat auch er eine Krankenschwester ———. In seiner Unterredung mit dem Inspektor ——— er, Schwester Moser nur deshalb ermordet zu haben, weil er ausschließlich über die Gravitation ——— müsse und für Liebe keine Zeit hätte. Ferner-

B

a. nachdenken
b. erdrosseln
c. sich einbilden
d. der Teufel ist los
e. Wegschaffung
f. zur Explosion bringen
g. sich bemühen
h. vernehmen
i. sich halten für
k. behaupten
l. das Verhör
m. sich bedienen
n. eigentlich
o. weismachen

hin sei er ——— Einstein und nicht Newton, wolle dies aber nicht bekanntmachen, weil sonst ———. Newton versucht auch, dem Inspektor ———, daß eigentlich dieser der Verbrecher sei. Er ——— der Elektrizität, ohne etwas davon zu verstehen, genau so wie heutzutage Unwissende Atombomben ———.

(Seite 21-8)

A

Frl. Dr. von Zahnd, eine etwas bucklige Erscheinung,———. Sie spricht von der ——— Menschenkenntnis ihres verstorbenen Vaters. Dabei gibt sie zu daß viele ——— den Irrenärzten verschlossen bleiben. Der Inspektor beschwert sich darüber, daß die——— in der Anstalt ungenügend seien. Dieser Feststellung ——— die Irrenärztin. Sie weist auf die neuesten medizinischen Mittel hin, die heute der Psychiatrie ——— und eine scharfe Überwachung der Patienten ——— machen. Sie fügt hinzu, daß in bezug auf die verübten Morde die Medizin ——— habe und nicht ihr Fachwissen. Sie äußert auch ———, daß das Gehirn der drei in der „Villa" untergebrachten Patienten, die all Kernphysiker sind, vielleicht durch Radioaktivität ——— habe. Aber sie verspricht schließlich dem Inspektor, die Krankenschwestern durch Pfleger zu ———, um dem Wunsche des Staatsanwaltes nachzukommen. Darüber ist die Oberschwester sehr ungehalten, weil sie sich ihre drei Physiker nicht ——— will.

B

a. leiden
b. die Vermutung
c. angeblich
d. versagen
e. auftreten
f. Sicherheitsmaßnahmen
g. zur Verfügung stehen
h. rauben lassen
i. menschliche Abgründe
j. überflüssig
k. ersetzen
l. widersprechen

Setzen Sie die Inhaltsübersicht fort. Nachstehend einige Ausdrücke, die dabei Verwendung finden könnten.

(Seite 29-41)
die ehemalige Gattin
einen Besuch abstatten
sich verabschieden von
sich einschiffen
kinderreiche Familie
ein „begeisterter" Vater
eine Missionarsstelle antreten
kaum erkennen
sich herbei lassen
ein Gespräch anknüpfen
auf das Drängen der Mutter hin
Blockflöte spielen
außer sich geraten
(jemanden) heißen, innezuhalten
mit einem Hinweis auf Salomo beschwichtigen
erwidern
erscheinen
der große Dichterkönig
ein armseliger König der Wahrheit
kauern
einen Psalm vortragen
zukünftigen Weltraumfahrern gewidmet
zubrüllen
sich packen

(Seite 42-53)
mittlerweile auftauchen
ein Geständnis entlocken
sich verstellen
seinen Wahnsinn vortäuschen
einen Schlußstrich unter die Vergangenheit ziehen
ins Hauptgebäude versetzt werden
seine Liebe gestehen
festhalten an
erscheinen
das System aller möglichen Erfindungen diktieren
anhalten zu
sich aus dem Staube machen
heiraten
die nötigen Vorbereitungen treffen
des Verrates bezichtigen
bezeugen
treu bleiben
sich aktiv einsetzen für
Mut, der einem Verbrechen gleichkommt
auf eine schleunige Heirat dringen
schon an das Kofferpacken denken
den Vorhang herunterreißen
unverdrossen weiterfiedeln

AUFSATZTHEMEN

I Besprechen Sie die symbolische Bedeutung des Königs Salomo, der sich angeblich Möbius offenbart.

(z.B. Warum ist er nicht mehr der große goldene König, sondern ein armseliger Schlucker?

Warum sagt Möbius, der König hätte ihn mißbraucht und sein Leben zerstört?

Weshalb wäre es ein Verbrechen, wenn Möbius sich öffentlich für den König einsetzte?)

II Besprechen Sie das Sonderbare im Gehaben der Irrenärztin, Frl. Dr. von Zahnd.

(z.B. Welche Meinung hat sie von der Menschenkenntnis moderner Irrenärzte?

Wie beurteilt sie ihr eigenes Fachwissen?

Was für Methoden wendet sie in der Behandlung ihrer drei Physiker-Patienten an?

Was hält sie von ihrem eigenen Geisteszustand?

Wie verhält sie sich Frau Rose und ihrer neuen Familie gegenüber?

Ist sie sehr darauf erpicht, weiterhin Geld von Frau Rose zur Bestreitung von Möbius' Aufenthaltskosten zu erhalten?)

Akt 2 Übungen

FRAGEN

56-63 Wie nennt das Fräulein Doktor den Täter in diesem Mordfall? Und der Inspektor? (Vergleichen Sie diese kurze Episode mit der Unterredung zwischen Inspektor und Oberschwester zu Beginn des ersten Aktes!)

Wie verhält sich der Staatsanwalt seit dem neuesten „Unglücksfall" in *Les Cerisiers?*

Was erachtet das Fräulein Doktor als das Schlimmste bei diesem dritten „Unglücksfall"?

Wer sind die drei Pfleger, die zur Betreuung der Kranken eingestellt wurden?

Welche Art von Kost wird den Kranken vorgesetzt?

Welchen Eindruck machen die Pfleger auf den Inspektor?

Wie gebärdet sich Möbius, als die Polizisten die Leiche Monikas wegschaffen wollen? Was geigt Einstein bei der Gelegenheit?

Wer hat Möbius angeblich den Befehl gegeben, die Krankenschwester zu erdrosseln? Wie wurde ihm dieser Befehl übermittelt?

Woran tut sich der Inspektor gütlich, nachdem die Leiche fortgeschafft ist?

Wozu fordert Möbius den Inspektor auf?

Warum weigert sich der Inspektor, dieser Aufforderung Folge zu leisten?

Warum ärgert sich der Inspektor nicht mehr darüber, daß er im Falle der drei in *Les Cerisiers* begangenen Morde nicht einschreiten darf?

Welche Aussagen macht er über die „Gerechtigkeit"?

64-8 Weshalb macht sich Newton Gedanken über die Anwesenheit der riesigen Pfleger?

Wozu bewegt ihn das Vorhandensein dieser Wächter?

Wer ist Newton in Wirklichkeit?

Zu welchem Zweck hat er sich in die Anstalt eingeschlichen?

Was sagt er vom Deutschlernen?

Warum mußte er angeblich seine Krankenschwester töten?

Welchen Auftrag hat ihm der Geheimdienst seines Landes aufgebürdet?

Wofür hält Kiltons Geheimdienst den Physiker Möbius?

Welche Meinung hat Kilton selber von Möbius?

Was hält Kilton von Möbius' Abhandlung über die Grundlagen einer neuen Physik?

Wer ist Einstein in Wirklichkeit?

Worüber einigen sich „Newton" und „Einstein"?

Worüber beklagt sich Einstein?

Welche Mission hat auch er zu erfüllen?

Wie beurteilt er das üppige Abendessen?

69-74 Welchen Eindruck erweckt plötzlich der Raum, in dem sich die drei Physiker befinden? Wodurch?

Wer lauert im Park?

Warum ist Möbius—gemäß Newtons Feststellungen—Allgemeingut? Welche Pflicht hat er deshalb der Menschheit—den Nicht-Genialen—gegenüber?

Was stellt Newton Möbius in Aussicht, wenn er sich entschließen kann, seine Einladung anzunehmen?

Wovon ist der Geheimdienst Newtons besonders beeindruckt?

Welche andern Theorien oder Systeme hat Möbius auch schon ausgearbeitet?

Welches wären die praktischen Auswirkungen von Möbius' theoretischen Untersuchungen, im Falle diese in die Hände der Menschen fielen?

Worum geht es in erster Linie bei den Bestrebungen der modernen Physik—nach Newton?

Scheint sich Newton sehr um die politischen Einrichtungen seines Landes zu kümmern?

Was für eine Arbeit hat die Wissenschaft ausschließlich zu leisten?

Was dürfen die Physiker—nach Einstein—nicht ausklammern?

Was kann sich Einsteins Land schon längst nicht mehr leisten?

Wozu entschließen sich Einstein und Newton nach Überprüfung der neuen Lage?

Was hat Möbius mit seinen Manuskripten getan? Warum?

74-81 Über welche vergeblichen Bemühungen ärgern sich Newton und Einstein?

Warum dürfen sich die drei Physiker—nach Möbius—keinen Denkfehler leisten?

Welches gemeinsame Ziel haben alle drei im Auge?

Doch worüber sind sie sich nicht einig?

Genießen Physiker in Newtons Heimatland unbeschränkte Freiheit?

Worin besteht die sogenannte Machtpolitik Einsteins und seiner Kollegen in ihrem Heimatlande?

Wie rechtfertigt Einstein die Beaufsichtigung wissenschaftlicher Forschung seitens der Partei?

Welches Risiko darf man—nach Möbius—nie eingehen?

Warum verzichtete Möbius auf Ruhm und Wohlstand?

In welchem Entwicklungsstadium befindet sich—nach Möbius—die heutige Wissenschaft?

Was bleibt den heutigen Physikern nur noch übrig?

In welcher Umgebung sind heutzutage Physiker nur noch frei?

Was sind die Gedanken der Physiker in der Freiheit?

Welches Verbrechens beschuldigt Möbius sich selber und die beiden andern Physiker?

Wofür hielt Schwester Monika Möbius? Aber was begriff sie nicht?

Warum hat Möbius angeblich getötet?

Vor welchem Dilemma stehen die drei Physiker?

Warum darf man die Physiker nicht auf die Menschheit loslassen?

Wozu entscheiden sich die drei Physiker?

81-91 In welcher Aufmachung erscheinen die Pfleger?

Wessen Porträt hängen sie auf anstelle des Bildes von Frl. Dr. von Zahnds Vater?

Wie erklärt das Fräulein Doktor den Austausch?

Was erwartet Frl. Dr. von Zahnd von ihren „Koryphäen", dem Generaldirektor und seinen Leuten?

In welcher Geistesverfassung erscheinen die drei Physiker im Salon?

Warum starren Newton und Einstein das Fräulein Doktor verwundert an?

Wie werden die drei Physiker von Frl. Dr. von Zahnd und ihren Helfern plötzlich behandelt?

Was kündet das Fräulein Doktor den Physikern feierlich an?

Was bezweckte der König Salomo mit seinem Erscheinen auf Erden—nach den Aussagen der Irrenärztin?

Warum können angeblich die „Offenbarungen", welche der König Salomo Möbius gab, kein Geheimnis bleiben?

Was befahl der König seiner „Magd"?

Was halten Einstein und Newton von Fräulein Dr. von Zahnds Eingebungen?

Welche Projekte hat die Irrenärztin schon verwirklicht?

Warum würde man in der Außenwelt Möbius' Protest keinen Glauben schenken?

Wodurch hat das Fräulein Doktor die drei Physiker bereits „unschädlich" gemacht?

Warum betrachtet sie die Anstalt von nun an als "Schatzkammer" ihres Unternehmens?

Welche Funktion üben die „Irrenwärter" in Wirklichkeit aus?

Warum erbarmte sich Salomo angeblich der Irrenärztin?

Zu wessen Gunsten ist „die Rechnung aufgegangen"?

Welche Einsicht äußert Möbius nach dem Abtreten der Irrenärztin?

Auf welche Weise verabschiedet sich Newton?

Welche letzten furchterregenden Aussagen macht Möbius in der Rolle des Königs Salomo vor seinem Abtreten?

I (Seite 56-62)
Vervollständigen Sie die Sätze unter A mit einem passenden Ausdruck aus Liste B in der vom Satzzusammenhang erforderten grammatikalischen Form.

A

1. Im Laufe des vergangenen Jahrhunderts mußten viele Könige ———.
2. Die Betrunkenen balgten sich so heftig, daß die Polizei ——— mußte.
3. Einige der Unruhestifter wurden verhaftet, aber andere ——— durch eine Hintertür.
4. Der angerichtete Schaden muß von einem Sachverständigen ——— werden.
5. Dieser Wissenschaftler ——— einen sehr guten Ruf unter seinen Kollegen.
6. Man soll nicht über vergangenes Unheil ———.
7. Schadenfreudig ——— er über das Mißgeschick seines Rivalen.
8. Die ——— des Angeklagten decken sich nicht mit denjenigen der Augenzeugen.
9. Die übergroße Arbeitslast hat ihn völlig ———.
10. Sie ist sehr an ihre Heimatstadt gebunden und hat es schwer, ——— in eine andere Umgebung ———.
11. ——— Sie bitte diese wichtigen Dokumente in Ihrem Geheimfach!
12. Während unserer gestrigen Unterredung ——— er ihr schnell etwas ———.

B

a. Aussagen
b. begutachten
c. brüten
d. abdanken
e. sich einfühlen
f. entkommen
g. zuflüstern
h. aufreiben
i. versorgen
j. einschreiten
k. genießen
l. jubeln

II
Suchen Sie aus den oben angewandten Ausdrücken je ein Synonym für die nachfolgenden Wörter.

1. entwischen ———
2. einschätzen ———
3. sich einmischen ———
4. grübeln ———
5. zermürben ———
6. sich erfreuen (+ Gen.) ———
7. frohlocken ———

III

Beachten Sie in den folgenden Sätzen die Anwendung des Verbes *versorgen.*

1. Ich *versorgte* die Papiere in meinem Schreibtisch.
2. Die Flüchtlinge *wurden* vom Roten Kreuz mit Lebensmitteln *versorgt.*
3. Die drei Physiker mussten in einer Irrenanstalt *versorgt werden.*

IV (Seite 64-8)

Wählen Sie aus Liste B ein oder zwei Synonyme für die Ausdrücke unter A.

A	B
1. betreuen ———	a. gewaltig
2. sich einschleichen ———	b. gefährdet sein
3. beibringen ———	c. nicht einverstanden sein mit
4. in Frage stehen ———	d. eindringen
5. vermeiden (+ Akk.) ———	e. lehren
6. unermeßlich ———	f. hüten
7. vorgehen ———	g. ausweichen (+ Dativ)
8. anderer Ansicht sein ———	h. verfahren
	i. pflegen
	j. einpauken

Bilden Sie Sätze mit den Ausdrücken unter A und nehmen Sie die passenden synonymischen Ersetzungen vor.

V

Vervollständigen Sie die Sätze unter A mit einem passenden Ausdruck aus Liste B in der von der Satzkonstruktion bestimmten Form.

A

1. Seine ausweichenden Antworten ließen uns ———.
2. Nächstes Jahr werden in unserer Stadt gewaltige Bauprojekte ——— werden.
3. Da ich nichts besseres zu tun hatte, ——— ich ziellos durch die Straßen der Stadt.
4. Er hat mich Jahre hindurch betrogen. Erst jetzt bin ich ihm ———.
5. Er ließ sich nicht aus der Ruhe bringen. ——— beantwortete er die verfänglichen Fragen des Staatsanwaltes.
6. Vor zehn Jahren kam er von einem Ausflug nicht mehr zurück und ist seither ———.
7. Durch seine Unvorsichtigkeit ist alles ———.
8. Er war absolut nicht zum Mitspielen zu ———.

B

a. verschollen
b. schlendern
c. gemächlich
d. schiefgehen
e. Verdacht schöpfen
f. bewegen
g. dahinterkommen
h. in Angriff nehmen

VI (Seite 69-73)

Vervollständigen Sie die Sätze unter A mit einem passenden Ausdruck aus Liste B in der vom Satzzusammenhang bestimmten Form.

A

1. Er ist äußerst selbständig und läßt sich von niemandem ———.
2. ——— seiner Ärzte nahm er seinen Rücktritt.
3. Prüfen Sie bitte meinen Vorschlag. Es ——— mir sehr viel an Ihrer Mitarbeit ———.
4. Durch große finanzielle Verluste sind sie ——— verzweifelte ———.
5. Wird die Menschheit je in die letzten Geheimnisse des Weltalls ———?
6. Die Zeitungsberichterstatter ——— am Eingang des Gerichtsgebäudes und bestürmten den Staatsanwalt mit ihren Fragen.
7. Ohne genügende Schulbildung ist es schwer, sich in der heutigen Welt ———.
8. Wenn ein Staatsoberhaupt im Lande herumreist, muß der Geheimdienst viele ———.
9. Er verlangt nie eine Entschädigung für seine Dienste. Er ist sehr ———.
10. In Ihrer Abhandlung dürfen Sie diese historische Tatsache nicht einfach ———.
11. Die Bemerkung verletzte ihn. Er konnte seinen Unmut kaum ———.

B

a. auf Anraten
b. Sicherheitsmaßnahmen treffen
c. lauern
d. vordringen
e. uneigennützig
f. einen Weg bahnen
g. ausklammern
h. gelegen sein (an)
i. bevormunden
j. in Schach halten
k. in eine Lage geraten

VII (Seite 74-9)

Vervollständigen Sie die Sätze unter A mit einem passenden Ausdruck aus Liste B in der vom Satzzusammenhang erforderten Form.

A

1. Trotz überzeugender Gegenbeweise ——— der Angeklagte jegliche Mitbeteiligung am Verbrechen ———.
2. Verwundet und erschöpft, war er seinen Verfolgern hilflos ———.
3. Wenn Sie unsere Ratschläge nicht befolgen, ——— Sie ———, sein Vertrauen zu verlieren.
4. Wir ——— dasselbe Ziel ———, können uns aber über die anzuwendenden Methoden nicht einigen.
5. Sie haben mich durch Ihre Großzügigkeit sehr zu Dank ———.

B

a. ausgeliefert
b. im Auge haben
c. abstreiten
d. verpflichten
e. Gefahr laufen

VIII

Prägen Sie sich in den nachstehenden Sätzen die verschiedenen Bedeutungen des Verbes *treiben* ein.

1. Er *treibt* seine Rache *auf die Spitze.*
2. Möbius *treibt* die beiden andern Physiker *zur Verzweiflung.*
3. Er *wurde* von seinem Gegner *in die Enge getrieben.*
4. Die Guerilla-Truppen *wurden in die Flucht getrieben.*
5. Woher kommen Sie und *was treiben Sie hier?*
6. In seiner Freizeit *treibt* er gerne *Musik.*

IX

Bilden Sie Sätze mit den folgenden Ausdrücken.

1. anpreisen
2. Risiken eingehen
3. (etwas) anrichten (mit Waffen, usw.)
4. (etwas) vorgeben

X

Vervollständigen Sie die Sätze unter A mit einem passenden Ausdruck aus Liste B in der vom Satzbau bestimmten Form.

A

1. Trotz des großen Schadens, den er verursacht hat, ist er mit einer leichten Geldbuße ———.
2. Er strengt sich redlich an, scheint aber den Anforderungen nicht ———.
3. Diese Hindernisse müssen so schnell wie möglich ——— werden.
4. Unsere Vorsichtsmaßnahmen haben ——— als überflüssig ———.
5. Er wird an seiner Trunksucht ———.

B

a. gewachsen sein
b. zugrunde gehen
c. beseitigen
d. davonkommen
e. sich erweisen

XI

Ersetzen Sie die oben aufgeführten Ausdrücke mit den folgenden Synonymen.

1. aus dem Wege räumen
2. sich herausstellen
3. gerecht werden
4. verkommen
5. wegkommen

XII (Seite 81-9)

Ersetzen Sie in den folgenden Sätzen das Verb *aufheben* mit einem gleichsinnigen Ausdruck aus Liste B.

A

1. Dies sind sehr wichtige Dokumente. Sie sollten sie besser *aufheben.*
2. Der Vertrag *wurde* vom Gericht *aufgehoben.*
3. Vor einigen Jahren *haben* wir unsere Handelsgenossenschaft *aufgehoben.*
4. Diese beiden Gesetze *heben sich* gegenseitig *auf.*
5. Er bückte sich und *hob* den fremdartigen Gegenstand *auf.*

B

a. sich annullieren
b. für ungültig erklären
c. auflösen
d. auflesen
e. verwahren

XIII

Vervollständigen Sie die Sätze unter A mit einem passenden Ausdruck aus Liste B in der vom Satzzusammenhang erforderten Form.

A

1. Was fällt Dir denn ein? Du bist ja vollkommen ———.
2. Die Atomkraft läßt sich auch für friedliche Zwecke ———.
3. Er wurde von seinem Posten wegen Inkompetenz ———.
4. Ich ——— nicht ———, weshalb er noch zögert.
5. Sie müssen diese Gelegenheit ——— und Ihren Vorteil ausnützen.
6. Ich bin mir der Risiken bewußt und werde sehr ——— vorgehen.
8. Er ist ein geschickter Redner, der seine Zuhörer ——— versteht.
9. Es bleibt uns kein Ausweg mehr übrig. Wir haben unsere letzte Karte ———.

B

a. funkeln
b. absetzen
c. übergeschnappt
d. behutsam
e. ausbeuten
f. einsehen
g. wahrnehmen
h. hetzen
i. in Bann halten
j. ausspielen

10. Seine Augen ——— nur so vor Wut.
11. Die Hunde haben das arme Tierchen fast zu Tode ———.

INHALTSANGABEN

XIV (Seite 55-63)

Vervollständigen Sie die folgenden zwei Abschnitte mit den unter B angeführten Ausdrücken in der richtigen Form.

A

Während seine Polizisten ———, bespricht sich der Inspektor mit Frl. Dr. von Zahnd über den neuesten Mordfall. Die Irrenärztin ——— ihr Bedauern über den Tod ihrer besten Krankenschwester. Das Schlimmste sei aber, sagt sie, daß ihr medizinscher Ruf ———. Die neuen Pfleger treten auf. Diese ——— als ehemalige Meisterboxer, wovon der Inspektor offensichtlich sehr ——— ist. Gerade im Moment, wo die Polizisten die Leiche Monikas ——— wollen, ——— Möbius aus seinem Zimmer. Zutiefst erschüttert ——— er seinem Liebesleid ———, besteht aber darauf, daß ihm der König Salomo den Befehl zum Morde ———. In der folgenden Unterredung mit dem Inspektor bittet er diesen, ihn zu ———. Der Inspektor ——— diesen Vorschlag ———. Er müßte zuerst den König Salomo verhaften, der angeblich für das neueste Verbrechen ——— sei. Mit beißender Ironie fügt er hinzu, daß er zum ersten Mal drei Mörder gefunden habe, die er mit gutem ——— nicht zu verhaften brauche.

B

a. wegschaffen
b. äußern
c. Ausdruck geben
d. Gewissen
e. verhaften
f. beeindruckt
g. dahin sein
h. ablehnen
i. sich entpuppen
j. den Tatbestand aufnehmen
k. verantwortlich
l. zuflüstern
m. stürzen

XV (Seite 63-7)

A	B
Der Inspektor ———, und Newton macht Möbius seine Aufwartung. Während er an der üppigen Mahlzeit ———, macht er Möbius ein Geständnis. Er sei nicht Newton oder Einstein, sondern Jasper Kilton, ——— der Entsprechungslehre. Er hätte ——— in die Anstalt ———, um Möbius auszuspionieren und hätte den Auftrag, ihn im Namen des Geheimdienstes seines Landes zu ———. Er hätte die Schwester Dorothea ermordet, um seinen ——— endgültig zu beweisen. Er fügt hinzu, daß in seinem Lande Möbius als der größte Physiker aller Zeiten ———. Inzwischen ist Einstein ——— ins Zimmer getreten. Es stellt sich heraus, daß auch er ein Spion ist, der aber ——— einer Gegenmacht ———. In Wahrheit ist er Joseph Eisler, ——— des „Eisler-Effektes", seit 1950 ———. Kilton und Newton ziehen beide ihre Revolver, einigen sich aber, ihre Waffen ———, um die neugeschaffene Lage zu besprechen.	a. gelten b. der Begründer c. verschollen d. sich einschleichen e. sich gütlich tun f. entführen g. unbemerkt h. abtreten i. Wahnsinn j. weglegen k. Entdecker l. im Dienste . . . stehen

Setzen Sie die Inhaltsübersicht fort. Nachstehend einige Ausdrücke, die dabei Verwendung finden könnten.

XVI (Seite 69-74)

die Mahlzeit einnehmen
Gitter herunterlassen
etwas von einem Gefängnis haben
im Park lauern
gemeinsam vorgehen
dem Irrenhaus entweichen
überreden
Allgemeingut
in die tiefsten Geheimnisse der Physik einweihen
in Aussicht stellen
Hauptfragen der modernen Physik lösen
in Aufregung geraten
sich den Schweiß von der Stirne wischen

verheerende Wirkungen
in die Hände fallen
Pionierarbeit leisten
(etwas mit der Wissenschaft) anrichten
die Verantwortung ausklammern
Machtpolitiker werden
mit den Waffen entscheiden
verbrennen
in ein verzweifeltes Gelächter ausbrechen

XVII (Seite 74-81)

sich von seiner Bestürzung erholen
eine Entscheidung fällen
ein Ziel im Auge haben
die Freiheit bewahren
die Verantwortung abstreiten
der Machtpolitik verschreiben
beweisen
der Landesverteidigung unterstellen
Gefahr laufen
von der Partei gelenkt werden
den Untergang der Menschheit verursachen
ein Risiko eingehen
die Narrenkappe wählen
die Menschheit vor seinen Entdeckungen beschützen
an die Grenze des Erkennbaren stoßen
gewachsen sein
zugrunde gehen
Sprengstoff
beschuldigen
einem höheren Zwecke opfern
verbleiben
die Rollen der Verrückten weiterspielen

XVIII (Seite 81-91)

aufhängen
Heldentod
stattfinden
rufen lassen
wie verklärt auftreten
(jemanden) mit seinem wirklichen Namen ansprechen
(jemandem etwas) eröffnen
Verdacht schöpfen
(jemandem) hinter seine Machenschaften kommen
entwaffnen
in ein blendendes Licht tauchen
wie Gefangene behandelt werden
in ein Geheimnis einweihen
auserwählen
auf Erden zur Macht verhelfen
durch Schweigen verraten
absetzen
Aufzeichnungen photokopieren
auswerten
hetzen
unschädlich machen
ein Weltunternehmen in Gang setzen
sich geschlagen geben
sich resigniert zurückziehen

I. Vergleichen Sie kurz die verschiedenen Meinungen über die Rolle der Physik in der heutigen Welt, welche die drei Physiker in ihren großen Debatten vertreten.
(z.B. Freiheit des wissenschaftlichen Forschers und politische Wirklichkeit; Verantwortung der Menschheit gegenüber, usw.)

II. a. Stellen Sie kurz dar, welche persönlichen inneren Motive das Fräulein Doktor zu ihrem Handeln bewegen und welche Schliche sie anwendet, um zu ihrem Ziel zu gelangen.
(z.B. die Problematik ihres Lebens: ihr Verhältnis zu ihrer Familie, ihre bucklige Erscheinung, ihr jungfräuliches Dasein; „Aufhetzen" der Krankenschwestern; Photokopieren von Dokumenten, usw.)
b. Muß die Irrenärztin als geisteskrank betrachtet werden? Kommt ihr irgendwelche symbolische Bedeutung zu? Begründen Sie Ihre Ansicht.

III. Besprechen und begründen Sie kurz Ihre eigene Einstellung zu Möbius' Denken und Handeln.

Vocabulary

The vocabulary contains all the words and expressions occurring in the text, the exercises, and the German quotations used in the introduction, with the following exceptions:

1. The first 500 words of the frequency list.
2. Words of foreign extraction identical or nearly so in form and identical in meaning in German and English, e.g. *Telephon.*
3. Compounds the component parts of which are easily understood, e.g. *Haustür.*
4. Some nouns and adjectives with the negative prefix *un-*, the meaning of which is obvious from the stem word given, e.g. *unmöglich.*
5. Proper names and various particles such as personal and possessive pronouns, possessive adjectives, etc.

The genitive singular, the plural of nouns, and vowel changes of strong verbs are given in the usual manner. The plural of feminine nouns is indicated only in cases where it ends in *-e.*

ab-büßen to expiate
ab-danken to resign, abdicate
das Abendbrot, -es, -e supper
das Abendland, -es Occident
abends in the evening
ab-gehen, i, a to go off, make one's exit
die Abgeschlossenheit seclusion
der Abgrund, - (e)s, ⸚e abyss
die Abhandlung treatise, essay
ab-hängen to take down
ab-hauen (sl.) to clear out, scram
abholen to go to meet
abhören to listen in
ab-legen to file (deposition, letters)
ab-lehnen to refuse

sich ab-mühen to labor, toil
ab-nehmen, i, a, o to take off
ab-räumen to clear, remove; *den Tisch* — to clear the table
die Abreise departure
ab-schieben, o, o (sl.) to shove off, scram
der Abschied, -(e)s, -e good-bye, farewell; — *nehmen* to bid farewell
ab-schließen, o, o to lock up; to conclude, terminate
ab-setzen to remove (from office)
die Absicht intention, design
sich ab-spielen to occur, happen
ab-streiten, i, i to contest, deny; *einem etwas* — to deny a person's right to s.th.
die Abteilung section, ward
ab-treten, i, a, e to make one's exit
ab-wälzen to shift (blame, etc.)
sich ab-wenden, -wandte, -gewandt to turn away from
ab-wischen to wipe off
ahnen to have a presentiment of
das All, -s the universe
die Alleinerbin sole heiress
das Allgemeingut, -es, ⸚er common property
allmählich gradual
das Alter, -s, - age
die Altstadt, ⸚e old section of a town
an-beißen to bite off (tip of cigar, etc.)
andächtig pious, serene
ändern to alter, change
anders otherwise
an-deuten to point out, hint
an-drehen to turn on (electricity, etc.)
die Anerkennung recognition
der Anfall, -s, ⸚e attack, fit
anfänglich at first
an-flehen to implore
die Anforderung requirement
an-geben, i, a, e to state; *angeblich* allegedly
an-gehen, i, a to concern, have to do with; to begin, turn on
der Angehörige(r), -n, -n relative, next of kin
der Angeklagte(r), -n, -n defendant
die Angelegenheit matter, business
das Angesicht, -s, -er face; *von — zu —* face to face
der Angestellte(r), -n, -n employee
an-greifen, i, i to attack; *meine Nerven sind angegriffen* my nerves are in shreds
der Angriff, -s, -e attack; *in — nehmen* to set about, begin
an-halten (zu), ä, ie, a to urge s.o. to do s.th.
an-heben, o, o to commence
an-knüpfen to tie; to begin; *ein Gespräch* — to start a conversation
an-künden to announce
an-läuten to ring up
an-nehmen, i, a, o to accept; to assume (a character, form, etc.); to suppose
sich annullieren to cancel each other out
an-ordnen to order, command; *die Anordnung* order, instruction
an-preisen, ie, ie to praise, extol
das Anraten advice; *auf —(+ gen.)* on the advice (of)
anrichten to produce, cause; — *(mit)* to do (with)
an-sammeln to collect
an-schauen to look at
anscheinend to all appearances
an-schreien, ie, ie to scream at
die Anschuldigung accusation
die Ansicht view, opinion
an-sprechen, i, a, o to address
anspruchslos unassuming
die Anstalt, -en institution
anständig decent
an-starren to stare, gaze at
anstelle (von) instead (of)
an-stellen to employ, engage
anstößig offensive, objectionable
an-strengen to strain, exhaust; *sich* — to make every effort
an-treten, i, e to begin
an-vertrauen to confide, entrust (to)
an-wenden to use
die Anwesenheit presence

an-zünden to light (a fire, cigarette, etc.)
die Arbeitslast burdensome workload
sich ärgern to lose one's temper, be annoyed
der Argwohn, -s suspicion, distrust
armselig wretched
die Art kind, species; *auf welche — und Weise?* in which way? how?
der Arzt, -es, ⸚e physician; *die Ärztin* woman physician
der Ärztekittel, -s, - physician's jacket
atmen to breathe
die Atomkraft atomic power
auf . . . hin as a result of . . .
auf-atmen to breathe freely, heave a sigh of relief
auf-bahren to lay out (a corpse)
auf-bauen to build up
auf-brechen, i, a, o to depart, move on
auf-bringen, -brachte, -gebracht to raise (money); to summon (courage)
auf-bürden to burden with
auf-decken to uncover
der Aufenthalt, -(e)s, -e stay, sojourn; *die —skosten* (cost for) board and room
auferstehen, (ist) auferstanden to rise from the dead
auf-fallen, ä, ie, a: einem — to strike, astonish a p.
auf-fordern to invite, summon; *die Aufforderung* request
sich auf-halten, ä, ie, a to dwell
auf-hängen to hang up
auf-heben, o, o, to lift, pick up; to preserve, store away; to annul; to break up; *er ist hier gut aufgehoben* he is in good hands here; *sich gegenseitig —* to cancel each other out; *das Aufheben* lifting up
auf-hetzen to instigate
auf-hören to stop
sich auf-klären to brighten (of the countenance, etc.)
auf-kommen (für), a, o to accept responsibility (for)
auf-lachen to burst out laughing
auf-lesen, a, e to pick up
auf-lösen to dissolve (partnership, etc.); *sich —* to decompose, disintegrate
die Aufmachung make-up, costume
aufmerksam attentive
auf-nehmen, i, a, o to pick up, accept; to draw up (a statement, etc.)
sich auf-opfern to sacrifice o.s.
auf-raümen to tidy up
sich auf-regen to get excited; *die Aufregung* agitation; *in Aufregung geraten* to get excited
auf-reiben, ie, ie to wear out, be wearing (on one's nerves, etc.)
auf-reißen, i, i, to tear open
auf-schließen, o, o to unlock
auf-schreien, ie, ie to cry out, scream
auf-springen, a, u to leap up
auf-steigen, ie, ie to well up, arise
auf-stellen to pick up, set up; to establish (a record, etc.); to lay down (a principle, etc.); *sich —* to place o.s. in a position
aufsuchen to hunt up, seek out, locate, go to see
auf-tauchen to emerge, appear suddenly
der Auftrag, -(e)s, ⸚e order, instruction; *der —geber* employer
auf-treten, i, a, e to appear, enter (on stage); *das —* appearance
der Auftritt, -s, -e scene (in a play, event, etc.)
auf-wachen to wake up
die Aufwartung formal visit; *einem seine — machen* to pay one's respects to a p.
auf-zeichnen to note down; *die Aufzeichnung* note
auf-zwingen, a, u: einem etwas — to force s.th. upon a p.
das Auge, -s, -n eye; *ins — fassen,* to contemplate, take into consideration; *im — haben* to have in mind, pursue (a goal, purpose); *in die Augen springen* to attract attention

der Augenblick, -s, -e moment
der Augenzeuge, -n, -n eyewitness
aus-arbeiten to work out, perfect
aus-bauen to complete
aus-beuten to exploit
sich aus-bilden (zu) to train to become
aus-brechen, i, a, o to burst into
sich aus-breiten to spread, branch out
der Ausdruck, -(e)s, ⸚e expression; *— geben* to express; *zum—kommen* to be revealed in
aus-drücken to squeeze out; to utter
auserwählen to select, predestine; *auserwählt* predestined
der Ausflug, -(e)s, ⸚e trip, excursion
der Ausgangspunkt, -(e)s, -e starting point
aus-geben, i, a, e: sich für . . . ausgeben to pass o.s. off for
aus-gehen (von), i, a to proceed, start (from)
ausgesprochen pronounced
ausgezeichnet excellent
aus-klammern to bracket out
aus-kommen (mit), a, o to get along with
die Auskunft, ⸚e information, particulars
aus-liefern to hand over, deliver up
aus-löschen to obliterate, erase; to turn off (light)
ausnützen to utilize fully; exploit; to take advantage of
das Auspuffgas exhaust-gas
die Aussage statement, deposition, testimony
aus-saufen (sl.) to drink to the dregs
ausschließlich exclusively
aus-sehen, ie, a, e to look like
außen out, outside; *rechts —* at the far right
die Außenwelt external world, environment
außerdem besides
außerhalb outside, beyond
äußern to express, utter; *sich —* to manifest itself
außerordentlich extraordinary, remarkable
äußerst extremely; *das Äußerste* the utmost
sich aus-setzen to expose o.s. (to)
die Aussicht prospect; *einem etwas in — stellen* to hold out a prospect of s.th. to a p.
aus-spielen to play out; to play to the end
aus-spionieren to spy on s.o.
die Ausstattung equipment; scenery (theater)
aus-sterben, i, a, o to die out, become extinct
der Austausch, -es, -e exchange
aus-üben to exert (influence); to carry out
aus-wählen to single out
der Ausweg, -(e)s, -e way out
aus-weichen, i, i to dodge, avoid; *—d* evasive
auswendig by heart
aus-werten to get the full value (from); to exploit
die Auswirkung effect, consequence
die Auto-Fahrprüfung driving examination

bahnen to pave the way for
der Bahnhof, -(e)s, ⸚e railway station
sich balgen to wrestle, scuffle
der Bann spell; *in — halten* to keep in check; to spellbind
der Bart, -es, ⸚e beard
bauen to build
das Bauprojekt, -es, -e building project
beabsichtigen to intend
beachten to take notice of
der Beamte(r), -n, -n official, civil servant
beantworten to answer
die Beaufsichtigung supervision, control
das Bedauern regret
bedecken to cover
bedenken, bedachte, bedacht: einen mit etwas— to bequeath s.th. to a p.;

die Begebenheit event, occurrence
begegnen to encounter
begehen, i, a to commit (an error, crime)
begehren to want, long for
begleiten to accompany
begreifen, i, i to understand; *begreiflich* understandable
die Begrenztheit limitation
der Begriff: im —(e) sein to be on the point of
begrifflich conceptual
begründen to substantiate
der Begründer, -s, - founder, originator
die Begrüßung greeting, welcome
begutachten to pass an opinion *or* expert judgment on
behandeln to treat; *die Behandlung* treatment
behängen to hang on (walls, etc.); to cover (with); *mit Schmuck behängt* adorned with jewelry
behaupten to maintain, assert; *die Behauptung* contention
sich beherrschen to control o.s.
behutsam cautious, wary
bei-bringen, -brachte, -gebracht to impart (knowledge)
das Bedenken (mostly pl.) hesitation, scruple, doubt; *bedenklich* serious
sich bedienen to help o.s.; *sich einer Sache —* to make use of a th.
die Bedingung condition
bedrohlich threatening
beeindrucken to impress
beenden to finish
der Befehl, -(e)s, -e order, command; *auf — (+ gen.)* by order of; *zu —;* yes, sir; *befehlen, ie, a, o* to command
sich befinden, a, u to be
befolgen to comply with, follow
die Beförderung promotion
befreundet friendly; *— sein mit* to be on friendly terms with
der Befund, -es, -e finding, report
befürchten to fear
begabt gifted, talented
beinahe almost, nearly
beisammen together
beißend caustic, biting
bei-steuern to contribute (to)
bei-tragen, u, a to contribute (to)
bekannt known, well-known; *— machen* to make known
sich beklagen to complain; *beklagenswert* deplorable
beleidigen to offend, insult
bemerken to notice; *—swert* noteworthy; *die Bemerkung* remark
sich bemühen to take care, trouble; *die Bemühung* effort
benachrichtigen to notify
benötigen to need
beobachten to observe
bequem comfortable
bereit ready, prepared; *—en* to cause; *— -stellen* to provide, have prepared
der Beruf, -(e)s, -e profession
beruhigen to pacify, soothe; *sich —* to calm down, compose o.s.; *die Beruhigung* reassurance; pacification
berühmt famous
bescheiden modest
beschieden sein to fall to a p.'s share
beschuldigen to accuse
beschützen to protect
sich beschweren to complain
beschwichtigen to soothe
beseitigen to eliminate
besichtigen to inspect; *eine Leiche —* to hold an inquest
besingen, a, u to celebrate (in song)
besitzen, besaß, besessen to be in possession of
besolden to pay (wages, salary, etc.); *die Besoldung* wages, salary
besonder particular, specific; *—s* especially
besprechen, i, a, o to discuss; *sich mit einem —* to confer with a p.
der Bestandteil component
sich bestätigen to prove (to be) true
das Besteck, -(e)s, -e knife, fork, and spoon; cutlery

bestehen, a, a to get through (an examination); — *auf* to insist on
bestellen to order (goods); *schlimm bestellt sein um* to be in a bad way
bestialisch beastly
bestimmen to decide, determine; *sich — lassen* to let o.s. be guided (by an opinion, etc.); *bestimmt* definite, certain
bestrafen to punish
die Bestrebung endeavor
die Bestreitung defrayal
bestürmen to besiege
bestürzt confounded, dismayed; *die Bestürzung* consternation, dismay
der Besuch visit; *der —er* visitor
betäuben to stun, anaesthetize (med.)
der Betracht respect, consideration; *in — ziehen* to take into consideration; *betrachten* to look at, consider, examine
beträchtlich considerable
das Betragen behavior, conduct
betreffen, i, a, o to concern, have to do with; *was mich betrifft* as for me
betreten, i, a, e to set foot on *or* in, enter (a house)
die Betreuung care and control
betrügen, o, o to cheat, defraud
der Betrunkene(r), -n, -n drunk person
beunruhigen to disturb, worry
beurteilen to judge, form an opinion of
bevölkert populated; *schwach —* sparsely populated
bevormunden to act as a guardian to; to browbeat, domineer
die Bewachung watching, custody
bewahren to preserve
sich bewähren to stand the test
bewältigen to overcome
bewegen to induce, prevail upon; *bewegt* agitated, moved
der Beweis, -es, -e proof, evidence; *beweisen, ie, ie* to prove, demonstrate
die Bewilligung permission, consent
bewußt: sich einer Sache — sein to be aware *or* conscious of a th.
bezeugen to attest
bezichtigen to accuse of, charge with
der Bezug, -(e)s, ⸚e relation; *in bezug auf* with regard to
bezwecken to aim at
biegsam supple
bieten, o, o to offer
bilden to constitute, compose; *sich —* to form, develop
billigen to approve of; to grant
bisweilen sometimes
blättern to turn over the pages
das Blei lead; *der —dampf* lead vapor
bleich pale, wan
blenden to blind, dazzle
der Blick, -es, -e look, glance; *—en* to look, glance
das Blitzlicht flashlight
die Blockflöte recorder
der Blödsinn nonsense
blutig bloody
brauchbar useful; *brauchen* must, to need
brav worthy, fine; good
breiten to spread
der Briefwechsel correspondence
brüllen to roar, bellow
brummen to grumble, mutter
brüten to brood
der Bub(e), -en, -en boy, lad
bücken to stoop, bend
bucklig humpbacked
die Bühne stage
der Bursch(e), -en, -en fellow
die Buße fine, penalty
büßen to suffer for, expiate

die Chefärztin chief resident doctor (female)

dadurch thereby, in that way
dafür in return (for)
dagegen on the other hand
daher therefore
dahin sein to be ruined
dahinter-kommen to discover, find out

dahinter-stehen to be at the bottom of, stand behind
dämmern to get dark
dampfen (nach) to steam (toward)
der Dank: zu — verpflichten to oblige
dar-stellen to describe, represent
da-sein to be there; *das Dasein* existence, life
davon-kommen to get off, escape
sich davon-machen to take to one's heels
dazu besides
debil weak, sickly
der Deckel, -s, - lid, cover
sich decken to be identical, coincide
demnach therefore
denkbar conceivable
der Denkfehler, -s, - error of judgment
derjenige that (one)
derselbe the same
deshalb for that reason, therefore
deuten (auf) to point (to, at); *deutlich* clear, evident
der Dieb, -es, -e thief, burglar
dienen to serve, be of service to; *die Dienerin* (woman) servant
der Dienst, -es, -e service, employment; *bei einem im —e stehen* to be in a p.'s service
diesjährig this year's
diktieren to dictate
donnernd thunderous
Donnerwetter! damn it all! blast!
der Dramatiker, -s, - dramatist
das Drängen pressure, insistence
draußen outside
drehen to turn
dringen, a, u to urge; to penetrate; *—d* urgently
die Drogen (pl.fem.) drugs
drohen to threaten; *die Drohung* threat, menace
drollig funny
dumpf hollow, muffled (of sound)
durchaus nicht by no means, not at all
durch-bringen, -brachte, -gebracht to support (one's family, etc.)
durcheinander pell-mell; *— - bringen* to wreak havoc with, mess up; *— geraten* to become topsy-turvy; *— - kommen, sein* to become, be confused
durchschauen to see through
durchziehen, -zog, -zogen to traverse
dürsten (nach) to be eager for
düster gloomy

ebenfalls likewise, too
ebenso just as, as well; *—gut* equally well; *—wenig* just as little
die Ecke corner
die Ehe marriage
ehemalig former
eher sooner, rather
die Ehre honor, praise; . . . *in —n* with due deference to
die Eiche oak
die Eigenart peculiarity
die Eigenschaft property, attribute
eigentlich proper, true; strictly speaking
die Eile haste, hurry; *(sich) —n* to make haste; *eilig* quick, hurried
sich ein-bilden (auf) to fancy, imagine; to flatter o.s. on
ein-brechen, i, a, o to break into
der Einbruch, -s, ⸚e burglary
eindeutig plain, unequivocal
ein-dringen, a, u to break in, invade; *eindringlich* urgent
der Eindruck, -(e)s, ⸚e impression
einfach simple
ein-fallen, ä, ie, a to occur (to one's mind)
der Einfluß, -es, ⸚e influence; *— ausüben* to exercise influence
sich ein-fühlen to adapt (to environment, etc.)
der Eingang, -(e)s, ⸚e entrance
die Eingebung inspiration
ein-gehen, i, a, (auf) to acquiesce (in)
das Eingemachte(s) -n preserves
ein-gestehen, a, a to confess, admit
ein-halten, ä, ie, a to adhere to
einig sein (über) to be agreed (on); *sich einigen* to come to terms

ein-laden, ä, u, a to invite; *die Einladung* invitation
sich ein-leben to enter into the spirit of
ein-liefern to commit (to a mental hospital, etc.)
sich ein-mischen to meddle with, interfere
ein-nehmen, i, a, o to partake (of a meal)
ein-pauken (coll.) to cram, enjoin, inculcate
ein-prägen: sich etwas — to impress s.th. upon one's mind
sich ein-puppen to cocoon o.s. in
die Einrichtung institution
die Einsamkeit loneliness, solitude
ein-schätzen to assess
ein-schenken to pour in, fill
sich ein-schiffen to embark
ein-schlafen, ä, ie, a to fall asleep
sich ein-schleichen, i, i to steal in
ein-schreiten, i, i to intervene; *gerichtlich —* to take legal steps
ein-sehen, ie, a, e to comprehend, realize
ein-setzen to use, put into action; *sich — für* to side with, stand up for
die Einsicht insight
ein-sperren to lock up
einst once, at some time; *—weilen* meanwhile
ein-stecken to put back (in one's pocket)
ein-stellen to engage (an employee); *die Einstellung* attitude
ein-treten, i, a, e to enter; to take place
einverstanden agreed
ein-weihen to initiate
die Einzelzelle solitary cell
einzig only
enden to finish, end; *endgültig* final, definite
die Enge narrowness; *einen in die — treiben* to drive a person into a corner
entdecken to find out; *der Entdecker* discoverer; *die Entdeckung* discovery
entfallen, ä, ie, a to slip out (a word)
sich entfernen to go away, retire
entführen to kidnap
entgegen toward
enthüllen to reveal, disclose
entkommen, a, o to escape (from)
entlang along
entlocken to draw from
sich entpuppen to turn out to be
entrichten to pay what is due
die Entschädigung compensation
entscheiden, ie, ie to decide; *sich —* to make up one's mind; *—d* decisive; *die Entscheidung* decision
sich entschließen (zu), o, a to make up one's mind, determine (upon)
entschlüpfen to slip out (a word)
der Entschluß decision
entschuldigen to excuse
entsprechen, i, a, o to accord with, conform to; *—d* corresponding
entstammen to be descended (from)
entwaffnen to disarm
entweichen, i, i to escape
entwickeln to develop; *die Entwicklung* development; *das —sstadium* stage of development
entwischen to steal away, escape
erachten to consider, deem
sich erbarmen to feel pity, have mercy
erblicken to perceive, see
sich erbrechen, i, a, o to vomit
erdrosseln to strangle
sich ereignen to happen, occur
erfahren, ä, u, a to come to know, be told
erfassen to seize, grasp; *erfaßbar* comprehensible
erfinden, a, u to invent, discover; *die Erfindung* invention, discovery
der Erfolg, -(e)s, -e success; *—los* unsuccessful
erfordern to require
sich erfreuen (+ gen.) to enjoy s.th.; *erfreut* glad, pleased
erfroren frozen to death

erfüllen to fulfil
ergreifen, i, i to take hold of, seize; *ergriffen* touched, deeply moved
erhaben sublime
erhalten, ä, ie, a to get, receive, obtain
sich erheben, o, o to stand up
die Erhöhung heightening
sich erinnern to recall, remember; *die Erinnerung* memory, recollection
erkennen, -kannte, -kannt to recognize; *erkennbar* comprehensible; *die Erkenntnis, -se* knowledge, understanding
erklären to explain; *sich bereit —* to declare one's willingness; *die Erklärung* explanation
erkrankt sick
erlauben to allow, permit; *sich —* to afford; to take the liberty, allow oneself
erledigen to bring to a close, finish off
erleuchten to light up
ermöglichen to make possible
ermorden to murder, assassinate
erobern to conquer
eröffnen to disclose
erpicht (auf) intent (on)
erregt excited
erreichen to reach, attain
errichten to establish
erröten to blush
erscheinen, ie, ie to appear; to be published; *die Erscheinung* appearance, figure, vision, phenomenon; *physische —* outward appearance
erschöpft exhausted
erschrecken, a, o to be frightened; to scare, terrify
ersetzen to replace; *die Ersetzung* substitution
erstaunen to astonish, surprise
erstehen, a, a to acquire, purchase
ertragen, ä, u, a to bear, tolerate; *erträglich* bearable
ertrinken, a, u to drown
erwähnen to mention
erwecken to arouse
sich erweisen, ie, ie to prove o.s. to be
erwidern to reply
erzielen to achieve
etikettieren to label
das Etui, -s, -s case (for small articles), box
ewig everlasting; *auf —* for ever

die Fabrik factory
die Fachsimpelei shop talk
das Fachwissen special professional knowledge
fähig able, capable; *die —keit* capacity
fahrbereit ready to leave (by car, etc.)
fahren lassen to let go, abandon
der Fall, -es, ⸚e case; *falls* in case
fällen to cause to fall; to pass (a sentence *or* judgment); *fällig* due
das Familientreffen family reunion
fassungslos uncomprehending, incredulous
der Fehlschluß, -es, ⸚e wrong inference
feierlich solemn
die Fensterfront expanse of windows
die Ferien (pl.) vacation, holidays; *— machen* to be on a vacation; *die —reise* vacation trip
ferner furthermore; *—hin* furthermore
fest-halten, ä, ie, a to adhere to
fest-stellen to ascertain; *die Feststellung* statement
fiedeln to fiddle
der Fingerabdruck, -es, ⸚e fingerprint
die Flasche bottle, flask
fliehen, o, o to flee, run away
die Flöte flute; *das —nspiel* flute playing
der Fluch, -(e)s, ⸚e curse, oath
die Flucht flight; *in die — treiben* to put to flight; *der —versuch, -es, -e* escape attempt
die Flügeltür swinging door
der Flugzeugabsturz, -es, ⸚e airplane crash
der Fluß, -es, ⸚e stream; *in — kommen* to move along unimpeded (speech, etc.)

die Folge consequence; — *leisten* to comply with
fordern to ask, require
die Formel formula
die Forschung research
der Fortgang, -es, ⸚e continuation, advance
fort-schaffen to remove
fort-schicken to send away
der Fortschritt, -s, -e progress, improvement
die Frage question; *in — stehen* to be in doubt, endangered
die Fratze (coll.) mug
die Freiheit freedom
frei-setzen to liberate
freiwillig voluntary
die Freizeit spare time
fremdartig strange, odd
fressen to eat (of beasts); to devour
freudig joyful
freuen to delight; *es freut mich* happy to meet you; *sich einer Sache —* to rejoice at s.th.
der Freundesdienst kind service, friendly turn
die Freundschaft friendship; — *schließen* to make friends
der Friede(n), -ens peace; *friedlich* peaceable, peaceful
frohlocken to exult
fromm godly, gentle
fruchtbar fertile
frühreif precocious
funkeln to twinkle; to flash
fürchten to fear; *sich* — to be afraid
furchterregend frightening
der Fürst, -en, -en prince, sovereign
der Fuß: — fassen to gain a footing, establish o.s.
füttern to feed

der Gang, -(e)s, ⸚e motion; *in — setzen* to set in motion
gängig saleable, in great demand
gar absolutely, even
der Gatte, -n, -n husband; *die Gattin* wife
sich gebärden to behave o.s.
das Gebäude, -s, - building
das Gebiet, -(e)s, -e district, domain
der Gebirgszug, -(e)s, ⸚e mountain-range
gebunden tied to (emotionally)
der Geburtstag, -es, -e birthday
der Gedanke, -ns, -n thought; *sich —n machen* to worry
gedenken, gedachte, gedacht to intend
die Gefahr danger; — *laufen* to run the risk
gefährden to endanger, imperil; *gefährlich* dangerous
gefangen captured, caught; *der —e(r)* captive, prisoner
das Gefängnis, -ses, -se prison
das Gefüge, -s, - structure
das Gefühl, -(e)s, -e feeling
der Gegenbeweis, -es, -e counter-evidence
die Gegend region
die Gegenmacht, ⸚e opposing power
der Gegensatz, es, ⸚e antithesis, contrast; *im —e zu* in opposition to
der Gegenstand, -s, ⸚e object
das Gegenteil, -s, -e opposite; *im* — on the contrary
gegenüber in relation to, as concerns; *— -stehen, a, a* to face
die Gegenwart the present (time)
der Gegner, -s, - opponent
das Gehaben, -s behavior
geheim secret
der Geheimdienst, -es secret service
das Geheimfach, -s, ⸚er safe-deposit
geheim-halten, ä, ie, a to keep secret
das Geheimnis, -ses, -se secret
geheimnisvoll mysterious
der Geheimrat, -es, ⸚e privy councilor
gehen, i, a to go; to walk; *das geht nicht* that is out of the question; *es geht um . . .* is at stake
das Gehirn, -(e)s, -e brain
gehorchen to obey
geigen to fiddle; *das* — fiddling; *der —bogen* (violin)-bow
geisteskrank insane

die Geistesstörung mental derangement
die Geistesverfassung state of mind, frame of mind
der Geisteszustand, -s mental health, state
geistig intellectual
das Gelächter laughter; *in ein — ausbrechen* to burst out laughing
gelangen to reach, arrive at
die Geldbuße fine, penalty
gelegen: mir ist daran — I am concerned, anxious
die Gelegenheit occasion, opportunity
der Geliebte(r), -n, -n lover, beloved
gelten, i, a, o to matter; to be worth; to be valid; to pass for, be considered as; to concern, apply to; *es gilt* it is time, necessary
gemächlich quietly, slowly
gemäß according to
die Gemeinde community, municipality; *die —schwester* public nurse
gemeinsam common, together
die Gemeinschaft community
das Gemüt, -(e)s, -er mind, feeling, temper; *—lich* good-natured, jolly; *die —sverfassung* frame of mind
geneigt inclined to
der Generalstab, -(e)s, ⸚e general staff (mil.)
genial gifted with genius
genießen, o, o to enjoy
genügend sufficient
der Genuß, -es, ⸚e pleasure, gratification
das Gepolter rumble
geradezu frankly, actually
das Gerät, -(e)s, -e tool; equipment
geraten, ä, ie, a to get, fall, come into; *außer sich —* to fly into a passion
das Geratewohl: aufs — at random
das Geräusch, -es, -e noise
gerecht just; *einer Sache — werden* to do justice to a th.; *die —igkeit* justice
das Gericht, -(e)s, -e court of justice; *vor — laden* to summon; *das —sgebäude* law-court; *der —smediziner* court-appointed physician
gering slight, trifling
das Geschäft, (e)s, -e business, firm
das Geschehnis, -ses, -se happening
geschickt adept
geschieden divorced
das Geschirr, -(e)s, -e dishes
geschlagen: sich — geben to admit defeat
die Gesellschaft society; *der — skreis, -es, -e* social circle
das Gesetz, -es, -e law
gespannt eager, anxious
gespenstig ghostly
das Gespräch, -(e)s, -e conversation, talk
das Geständnis, -ses, -se admission, avowal; *ein — ablegen* to make a confession, deposition
gestatten to permit, allow; *— Sie!* excuse me! may I pass? *sich —* to afford; to permit o.s. s.th.
gestehen, a, a to confess
gestrichen painted
gesundheitlich concerning health
das Getriebe, -s bustle
gewachsen: einer Sache — sein to be equal, up to a th. (task)
gewaltig powerful, immense
das Gewissen conscience
das Gitter, -s, - grating, bars
der Glanz, -es brightness, splendor
der Glaube (n), -ens faith, trust; *—n schenken* to give credence to
gleichbedeutend synonymous
gleichen, i, i to resemble, be like
gleich-kommen to be like, equivalent to
gleithsinnig synonymous
gleichwohl nevertheless
gleichzeitig at the same time
die Glocke bell
glücklich happy
Gott, -es, ⸚er God; *weiß —* God only knows; *der —esfriede* unearthly, heavenly peace; *die —esfurcht* fear of God, piety; *—es-*

fürchtig pious
sich grämen to grieve for, fret
grasen to graze (of animals)
gräßlich monstrous, ghastly
gratulieren to congratulate
grausam cruel, inhuman
greifen, i, i to seize; *um sich —* to gain ground, spread; *vor sich hin-—* to grope around
grell glaring
die Grenze frontier; boundary
großartig splendid, grandiose
der Großbetrieb, -(e)s, -e big industry, business
der Großindustrielle(r), -n, -n industrial magnate
die Großzügigkeit generosity
grübeln to brood, rack one's brains
die Grundbeziehung basic link, relation
gründen to found; *der Gründer, -s* founder
die Grundlage foundation, basis
grundlos unfounded, without reason
die Gunst favor, advantage; *zu —en von* in favor of
günstig favorable
das Gutachten, -s (expert) opinion
der Güterzug, -es, ⸚e freight train
gut-heißen, ie, ei to approve
gütlich: sich — tun an einer Sache to revel in a th.
gutmütig kindhearted
der Gymnasiast, -en, -en secondary schoolboy (specializing in classics)

haben: etwas von . . . haben to look like
hacken to hoe
hager haggard, lean
das Halbdutzend half a dozen
halten, ä, ie, a to hold; *— für* to think, take to be; *— zu* to remain true to; *sich — für* to imagine oneself to be
hämmern to hammer
handeln to behave, act; *es handelt sich um* it is a question of; *das —* way of acting
die Handelsschule business school
die Handlung action; plot (of a play)
der Handlungsreisende(r), -n, -n traveling salesman
das Handtuch, -(e)s, ⸚er towel
hartnäckig obstinate
hassen to hate
hastig hasty
die Haube cap, head-dress
die Hauptfrage main issue
das Hauptgebäude, -s main building
hausen to dwell, reside; to wreak havoc
heben, o, o to lift, raise; *hoch —* to lift up high
heftig vehement, fierce
die Heilanstalt sanatorium, asylum
heilig holy, sacred
das Heimatland, -es, ⸚er native land
die Heimatstadt, ⸚e hometown
heiraten to get married
heiß hot
heißen, ie, ei to command; to call; to be called; to mean; *nun heißt es* now is the time, now we must
der Held, -en, -en hero; *der —entod* heroic death
der Henker, -s, - executioner
heran-kommen, a, o to get near to
heraus out, from within, forth
sich heraus-bilden to develop
sich heraus-stellen to turn out
sich herbei-lassen, ä, ie, a to condescend to do a th.
herrschen to rule, reign
her-stellen to establish; to produce
herum-irren to wander about
herum-kommen: um etwas nicht — not to be able to avoid
herum-liegen, a, e to lie around
herum-reisen to travel around
herunter-lassen, ä, ie, a to lower
herunter-reichen to reach down to
herunter-reißen, i, i to pull down
hervor-bringen, -brachte, -gebracht to bring forth
hervor-holen (hinter) to take out (from behind)
hervorragend outstanding

hervor-ziehen, -zog, -gezogen to take out
das Herz, -ens, -en heart; *ins — schließen* to become fond of; *—lich* cordial
hetzen to set upon, pursue; to incite; *fast zu Tode gehetzt* harried almost to death
das Heu hay; *Geld wie —* money like dirt
heutig of today, modern
heutzutage nowadays
hienieden here below
hiesig local
hilflos helpless
hinaus out, outside, forth
hinaus-schaffen to carry off, remove
hinaus-tragen, ä, u, a to carry outside
das Hindernis, -ses, -se obstacle
hindurch throughout
hinein into, inside
die Hingabe devotion
sich hin-legen to lie down
die Hinsicht view; *in welcher —?* in which respect?
hinten in the rear
der Hintergrund, -(e)s, ⸚e background
hinterlassen, ä, ie, a to leave behind; to bequeath
die Hintertür, -en back-door
hinunter down, downwards
sich hinunter-lassen, ä, ie, a to extend downwards
der Hinweis, -es, -e allusion; *—en (auf), ie, ie* to point to
hinzu-fügen to add
der Hirt(e), -en, -en shepherd; *der Herr ist mein —e* the Lord is my shepherd
hoffen to hope
hoffnungslos hopeless
der Hofstaat, -es household (of a (prince)
das Hörspiel, -(e)s, -e radio play
hüten to take care of, tend

immerhin nevertheless
immerzu continually
indem by (doing)
der Inhalt, -s, -e content
inne-halten, ä, ie, a to stop, pause
innen within, inside
innerlich inward; mental
innert (Swiss dial.) within (time)
inwiefern to what extent, in what way
inzwischen meanwhile
irgendwo somewhere
der Ironiker, -s, - satirist
irr(e) insane
der Irre(r), -n, -n madman, insane person
sich irren to be mistaken, wrong
die Irrenanstalt lunatic asylum, mental hospital
der Irrenarzt, -es, ⸚e psychiatrist
das Irrenhaus, -es, ⸚er lunatic asylum, mental hospital
der Irrenwärter, -s, - attendant in a mental hospital
irrsinnig insane
der Irrtum, -s, ⸚er error, mistake

jahrelang for years
das Jahrhundert, -s, -e century
das Jahrzehnt, -s, -e decade
jährlich annual
jämmerlich miserable
jedenfalls by all means
jedermann everyone
jederzeit at any time
jedoch however
jemals ever, at any time
jubeln to rejoice, shout with joy
der Jude, -n, -n Jew
der Junge, -n, -n boy, lad
die Jungfer old maid
die Jungfrau virgin, maiden
jungfräulich virginal

der Kamin, -s, -e fireplace
das Kamingitter, -s, - fireplace-screen
der Kaminschirm, -(e)s, -e fire screen
das Kaminsims, -es, -e mantelpiece
der Kampf, -es, ⸚e action, struggle
kämpfen to fight
der Kanzler, -s, - chancellor

die Kapelle chapel
kärglich scanty, paltry
die Karte card; *eine — ausspielen* to play one's card
kategorisch unconditional
kauern to squat, crouch
kaum hardly, scarcely
keinesfalls at no event
der Kerl, -(e)s, -e fellow, guy
der Kernphysiker, -s, - nuclear physicist
die Kerze candle
kinderreich prolific, having many children
die Klause cell, den
das Klavier, -s, -e piano; *die —begleitung* piano accompaniment; *das —spiel* piano playing
kleiden to fit, suit
die Klima-Anlage air-conditioning plant
klopfen to tap; to pat
der Koffer, -s, - suitcase, bag
das Kompott, -s, -e stewed *or* preserved fruit; *das —glas, -es, ¨er* glass-jar
das Können ability
konzipieren to draw up, conceive
der Kopf, -es, ¨e head; *sich etwas aus dem —(e) schlagen* to dismiss s.th. from one's mind
die Körperfülle corpulence
die Kost food, diet
kotzen (vulg.) to vomit, spew
die Kraft, ¨e strength; force
kräftig robust
die Krankenschwester nurse
das Krankenzimmer, -s, - sick-room
die Krankheitsgeschichte medical history
der Kranz, -es, ¨e garland, wreath
kraß crass, flagrant
kreisen to orbit
das Kreuz, -es, -e cross
kriechen, o, o to crawl
der Krieg, -(e)s, -e war
kriegen (coll.) to obtain, get
der Kriminalbeamte(r), -n, -n detective, inspector
kriminell criminal, culpable
der Kronleuchter, -s, - chandelier
der Kugelschreiber, -s, - person writing with a ballpoint pen
sich kümmern (um) to care for, worry about
die Kunst, ¨e art, skill
die Kur treatment, cure
kursiv in italics; *— gedruckt* italicized
kurzentschloßen resolute, abrupt

lächerlich ridiculous
die Lackfarbe enamel paint
laden, ä, u, a to load; *auf sich —* to bring down upon o.s., burden o.s. with
die Lage situation; *in eine — geraten* to get into a situation
das Lager, -s, - camp
das Lamm, -(e)s, ¨er lamb
die Lampenschnur light cord
die Landesverteidigung national defense
die Landschaft landscape, scenery
landwirtschaftlich agricultural
längst: schon — long ago, long since
langweilen to bore
lauern to be on the lookout, lie in ambush
der Lauf, -(e)s, ¨e course; *im —e (+ gen.)* in the course of
lauten to sound, read; *wie lautet sein Name?* what is his name? *lautlos* silent, mute
läuten to ring
das Lavabo, -s, -s sink
lebenslänglich lifelong
die Lebensmittel (pl.) food
der Lebensunterhalt, -s livelihood
das Leder, -s, - leather
lediglich purely
die Leere void, nothingness
der Lehnstuhl, -(e)s, ¨e easy chair
die Leiche dead body, corpse
leichtfertig thoughtless
die Leichtindustrie light industry
leid: es tut mir — I am sorry, I regret
leiden, i, i to suffer

leider unfortunately
leisten to do, carry out, accomplish; *Arbeit* — to do work, perform a function; *sich* — to afford, permit o.s. (to do s.th.); *die Leistung* achievement
leiten to direct
lenken to guide, direct; *lenkbar* docile
leuchten to radiate
der Lichtstrahl, -(e)s, -en beam (of light)
lieb dear, considerate; *mein —er* my dear fellow
die Liebe love, affection
liebenswert worthy of love
lieber rather, sooner
das Liebesleid lover's grief
liefern to deliver, furnish
die Literaturkritik literary criticism
loben to praise, extol
das Loch, -es, ⸚er hole
der Logiker, -s, - logician
los-lassen, ä, ie, a to let loose
lösen to solve; *sich — von* to disengage o.s. from; *die Lösung* solution
lügen, o, o to tell a lie; *der Lügner, -s, -* liar
die Lust, ⸚e joy, inclination, desire

die Machenschaften (pl.) machinations; *jemanden hinter seine — kommen* to find s.o. out
die Macht, ⸚e power; *—los* powerless; *das —mittel, -s, -* means of power; *der —politiker, -s, -* power politician
mangeln (impers.) to lack, be wanting
die Mannschaft crew
die Mansarde attic
der Mantel, -s, ⸚ overcoat; gown
die Mappe brief-case
maskenhaft mask-like
mäßig moderate, middling
die Materie matter, substance
die Mauer wall
mehrere several
die Meinung opinion; *nach meiner —* in my opinion
meistens mostly
der Meister, -s, - champion (sport); *der —boxer* champion fighter; *—n* to control, master
sich melden to come forward
der Menschenfreund, -(e)s, -e philanthropist
der Menschenkenner, -s, - keen observer of human nature
die Menschenkenntnis knowledge of human nature
die Menschheit mankind
menschlich human
merkwürdig strange, peculiar
messen, i, a, e to measure
die Miene air, expression; mien
mieten to hire, rent
mißbrauchen to misuse, abuse
das Mißgeschick misfortune, bad luck
das Mißtrauen suspicion; *mißtrauisch* distrustful
die Mitarbeit collaboration, co-operation
die Mitbeteiligung part (in a crime, etc.)
das Mitglied, -s, -er member
mit-spielen to join in a game
mit-teilen to communicate, notify
die Mitte middle
das Mittel, -s, - remedy, medicine; (pl.) means, resources
das Mittelgewicht, -s middleweight
mittler average; *—weile* meanwhile
die Möbel (pl.) furniture
möglich possible; *die —keit* possibility
das Moor, -s, -e bog, swamp
der Mord, -es, -e murder, homicide; *—en* to murder, slay; *der —fall* murder case
der Mörder, -s, - murderer; *—isch* murderous, bloody
das Morgengrauen break of day, crack of dawn
die Mumie mummy
mündlich oral

mustern to examine
der Mut, -es courage; *—ig* courageous; *—los* dejected
die Mütze cap

nach-denken, -dachte, -gedacht to ponder, meditate; *nachdenklich* pensive
nach-folgen to follow, imitate; *—d* following
nach-forschen to inquire, search after
nach-geben, i, a, e to yield
nach-kommen, a, o to come after, later; to join; to comply with
nachmittags in the afternoon
die Nachricht news
nach-sehen, ie, a, e to follow with one's eyes
die Nächstenliebe love for one's fellow-men
der Nacken, -s, - neck
nackt naked, bare
der Nagel, -s, ⸚ nail
nahe-stehen, a, a to be closely connected, friendly with
die Nähe vicinity
namenlos anonymous
nämlich namely; you should know
der Narr, -en, -en fool; *die —enkappe* fool's cap
die Naturbeobachtung study of nature
die Naturwissenschaft (natural, physical) science; *—lich* scientific
neben near, next to, close to; with
das Nebenzimmer, -s, - adjoining room
neidisch envious, jealous
nennenswert noteworthy
nervenkrank neurotic
die Nervenzerrüttung shattered nerves
der Nervenzustand, -s state of one's mental health
nett amiable, nice
der Neubau, -es, -ten new building
neugeschaffen newly created
die Neugier(de) curiosity, inquisitiveness; *neugierig* curious
die Neuigkeit news, piece of news
niedergeschlagen dejected
nieder-schreiben, ie, ie to write down
die Not, ⸚e need, distress; *im —fall* if necessary
nötig needful, necessary; *etwas — haben* to be in need of a th.
das Notizbuch, -(e)s, ⸚er notebook
nutzlos useless

ober upper
der Oberpfleger, -s, - chief male nurse
die Oberschwester head-nurse
die Obsternte fruit crop
obwohl although
offenbar evident, obvious; *—en* to reveal; *die —ung* revelation
offen-lassen, ä, ie, a to leave unfinished, undecided
offensichtlich obvious, apparent
die Öffentlichkeit public
öfters several times, not infrequently
ohnehin besides, anyhow
die Ölpfütze oil puddle, pool
der Ölwechsel, -s, - change of oil
das Opfer, -s, - sacrifice; *—n* to sacrifice
der Orden, -s, - medal
die Ordnung order; *die —sliebe* orderliness, tidiness
die Orgel organ (mus.)

pachten to rent
packen to seize; to pack; *sich —* to pack off, clear out
paffen to puff, smoke; *vor sich hin-—* to puff (absorbed in thought)
die Panne car trouble
päppeln to coddle
das Parkett, -(e)s, -e parquet (floor)
die Parkfront French windows opening onto a park
die Partei faction, party
die Partitur full score (mus.)
passend appropriate
das Pech pitch; bad luck; *— haben* to be unlucky
die Perrücke wig
die Pest plague

der Pfarrer, -s, - clergyman
die Pfeife pipe
pfeilschnell swift as an arrow
pflegen to tend, take care of
der Pfleger, -s, - male nurse; guardian
die Pflicht duty, obligation
der Physiker, -s, - physicist; *die— -klause* physicist's den
planmässig according to plan
plötzlich suddenly
die Polizei police
polstern to upholster
der Posten, -s, - position
prächtig splendid, lovely
der Prediger, -s, - preacher
preisen, ie, ie to praise
preis-geben, i, a, e to reveal (a secret, etc.)
die Problematik difficulty
das Protokoll: — nehmen to take down (a deposition)
prüfen to examine
der Purpurmantel, -s, ¨ scarlet robe

quälen to torture

die Rache vengeance
der Rahmen, -s, - frame
das Raketengeschoß, -es, -e missile
die Randnotiz marginal note
rasend furious
die Raserei frenzy
der Rat, -(e)s, -schläge counsel, advice; *—los* perplexed, helpless; *der —schlag, -es, ¨e* advice
das Rätsel, -s, - riddle, mystery
der Rauch, -es smoke; fume; *—en* to smoke, fume
der Raum, -(e)s, ¨e room
räumen to clear away
raus (coll. for *heraus)* out
reagieren to react
rechnen: mit etwas — to reckon with a th.
recht very; exactly; *das —, es, -e* right; *mit Recht* justly, rightly
rechtfertigen to justfy, vindicate
rechtzeitig in (good) time
die Rede talk, discourse, conversation; *—n* to speak, talk; *der Redner, -s, -* orator, speaker
redlich sincere
regeln to arrange
die Regierung government
die Rehzwillinge "two young roes that are twins" (Bibl.)
das Reich, -(e)s, -e realm, empire, kingdom
der Reichtum, -s, ¨er wealth
reißen, i, i to tear
reklamieren to complain
rennen, rannte, gerannt to run
die Richtung tendency
riechen, o, o to smell
riesenhaft colossal
die Riesenkraft gigantic force
das Riesenmaul, -(e)s, ¨er abysmal, colossal mouth
das Riesenwerk, -(e)s, -e giant industrial enterprise
riesig huge
die Ringerin lady-wrestler
das Risiko, -s, -ken risk; *ein — eingehen* to accept a risk
das Röcheln death-rattle
rostig rusty
rotieren to rotate
die Rückkehr return
der Rückschritt, -s, -e retrogression, relapse
die Rücksicht respect, consideration; *— nehmen auf* to show consideration for
der Rücktritt, -s, -e retirement
der Ruf, -(e)s, -e reputation; call, shout; *von —* of repute; *—en, ie, u* to call; *jemanden rufen lassen* to send for s.o.
die Ruhe rest, sleep; *zur — gehen* to go to bed; *sich aus der — bringen lassen* to let o.s. be disturbed; *—n* to rest; *ruhig* safely, unhesitatingly
der Ruhm, -s glory, honor; fame
runter (coll. for *herunter)* down

die Sache thing, matter; *zur —!* let's come to the point

sachlich impartial
der Sachverständige(r), -n, -n expert
der Salon, -s, -s drawing-room
sämtlich all of them
sanft gentle
der Satzbau, -s sentence structure
der Satzzusammenhang, -(e)s context (of a sentence)
das Schach, -s chess; *in — halten* to keep in check
schade a pity! too bad!
der Schaden, -s, ⸚ damage
schadenfreudig gloating over other people's misfortunes
schaffen, u, a to create
der Schalter, -s, - light switch
schamlos impudent
der Schatten, -s, - shadow, shade; *—haft* shadowy
schätzen to esteem, respect
die Schatzkammer treasury
schauen to look (at)
die Scheibe pane (of glass)
scheiden: sich — lassen to get divorced
die Scheidung divorce
scheinbar seeming, apparent
der Scheinwerfer, -s, - floodlight
scheitern to fail
scheren to shear, trim
scheußlich horrible, atrocious
schicklich proper, becoming
das Schicksal, -s, -e fate, destiny
schieben, o, o to push
schief-gehen, i, a to go wrong
schießen, o, o to shoot
die Schläfe temple (of the head)
schlemmen to carouse, gormandize
schlendern to saunter, stroll about
schleunigst in all haste
der Schlich, -(e)s, -e trick
schließlich finally, after all
schlimm bad, serious; *—stmöglich* the most serious possible
schlohweiß snow-white
das Schloß, -es, ⸚er castle; lock (of doors, etc.)
der Schlucker: armseliger — poor wretch
der Schluß, -es, ⸚e end; inference, deduction; *der —strich: einen Schlußstrich unter eine Sache ziehen* to bring a th. to an end
der Schlüssel, -s, - key
schmächtig slight, slender
schmecken to taste
schmerzlich sad
der Schmuck, -(e)s jewelry
schnuppern to sniff, snoop
die Schnur, ⸚e string, cord
der Schnurrbart, -s, ⸚e moustache
schöpfen to ladle, scoop out; to conceive
schrecklich dreadful, awful
schriftlich in writing
der Schriftsteller, -s, - author, writer
der Schritt, -(e)s, -e step; decision
die Schulbildung education
die Schuld sin, guilt
das Schulwesen, -s educational system
schütteln to shake
schützen to protect
der Schwächling, -s, -e weakling
schweben to float in the air
schweigsam taciturn
der Schweiß, -es sweat, perspiration
schwer heavy; *es — haben* to have difficulty; *—fällig* ponderous, awkward; *das —gewicht* heavyweight (boxing); *die —kraft* (force of) gravity
die Schwester sister, nurse
schwierig complicated; *die —keit* difficulty
seelenruhig tranquil, with equanimity
segnen to bless
seitens on the part of
seither since then
der Sekt, -(e)s, -e champagne
selbständig self-reliant
selbstverständlich of course; matter-of-factly
sich servieren to help o.s. (at table)
die Serviette table-napkin
der Sessel, -s, - easy-chair
sicher sure; *die —heit* certainty; guarantee; *die —heitsmaßnahme*

precautionary measure; *Sicherheitsmaßnahmen treffen* to take precautionary measures; *—n* to ensure
sichtbar visible
der Sinn, -es, -e sense; wish; *—los* senseless, foolish; *—widrig* nonsensical, absurd
sogar even
sogenannt so-called
der Sommersitz, -es, -e summer residence
sonst otherwise; usually
die Sorge worry, concern; *sich —n* to worry
sortieren to classify, sort out
sowie as also, as well as
die Spannung tension, suspense
sparen to economize, save money
der Specht, -(e)s, -e woodpecker
die Speise meal, dish
sperren to confine, lock
der Spion, -s, -e spy
das Spital, -es, ⸚er hospital
spitzbärtig with a goatee
der Spott, -es mockery
der Sprengstoff, -(e)s, -e explosive
der Sproß, -es, -e scion; descendant
die Spur trace, track; *einer Sache auf die — kommen* to find a clue to a th.
staatlich (of the) state; public
der Staatsanwalt, -s, ⸚e public prosecutor
das Staatsoberhaupt, -es, ⸚er head of state
stammen to stem, come from
stampfen to stamp
der Stand, -es, ⸚e position; *im — (e) sein* to be capable of; *— -halten, ä, ie, a* to withstand; *der —punkt, -(e)s, -e* point of view
ständig constant
die Stange rod
stapfen to trudge, pace
starr stiff
starren to stare; *vor sich hin-—* to stare into space
statt-finden, a, u to take place, happen
der Staub dust; *sich aus dem —e machen* to make off
stehen, stand, gestanden to stand; *— zu* to remain true to; *es steht schlecht um ihn* he is in a bad way; *das Kleid steht ihr gut* the dress suits her; *—-bleiben* to stop and stand still
die Stehlampe table-, floor-lamp
die Steinmauer stone wall
die Stelle place, position; *sich —n* to take one's stand; *die Stellung* position
der Stern, -s, -e star
der Stich: im —(e) lassen to leave in the lurch
die Stiftung foundation
stimmen to be correct
die Stirne forehead
der Stock, -(e)s, ⸚e floor (above first floor)
der Stoff, -(e)s, -e substance; subject-matter
Stöhnen to groan, moan
stolz proud
stören to disturb, inconvenience
stoßen, ö, ie, o to push; *— auf* to come upon; to run into
die Strafanstalt penitentiary
der Streich, -(e)s, -e trick, prank
streng(e) rigorous
strohblond platinum-blond, straw-blond
(sich) stürzen to rush, come rushing
stutzen to be startled, taken aback; to trim
die Suppenschüssel soup-bowl

tadellos flawless
die Tagung meeting, convention
die Tat deed, act; *der —bestand, -es, ⸚e* facts (of a case); *die —sache* fact
der Täter, -s - culprit, perpetrator
tauchen to plunge
der Techniker, -s, - technician, engineer
die These thesis
das Tischtuch, -(e)s, ⸚er tablecloth

toben to fume, rage; *tobsüchtig* raving mad
der Tod, -(e)s, -e(rare) *or -esfälle* death; *das —esurteil* death sentence
tödlich fatal, deadly
toll droll; wild
tot dead; *die —enstille* dead silence
der Träger, -s, - carrier
die Träne tear
traurig sad
treiben, ie, ie to work at, engage upon, practice; *auf die Spitze —* to exaggerate a th.; *Musik —* to devote o.s. to music; *Was — Sie hier?* What are you up to?
treten, i, a, e to step
treu faithful, loyal
der Trost, -es solace
sich trösten to take comfort; *tröstlich* comforting
trotz in spite of, despite; *—dem* inspite of it, nevertheless; *—ig* defiant, sulky
die Trunksucht alcoholism
das Tuch, -(e)s, -e cloth
tüchtig capable; good

übel bad
üben to practice
sich überanstrengen to overwork, overexert
die Überbeschäftigung economic boom
überflüssig superfluous; *—erweise* unnecessarily
überfüllen to overload
übergeben, i, a, e to hand over; *sich —* to vomit
über-gehen, i, a to change over (to), pass on
übergeschnappt cracked, crazy
übergroß enormous
überhaupt on the whole, altogether
überlassen, ä, ie, a to leave (to s.o. else); to let have; *dem Schicksal —* to abandon to fate
überlegen to ponder over
überlisten to outwit; to deceive
übermitteln to convey
übermorgen the day after tomorrow
übernehmen, i, a, o to take over; to undertake
die Überprüfung scrutiny, check
überraschen to amaze, take unawares
überreden to persuade
sich überschatten to grow dark, gloomy
über-siedeln to move (to new quarters)
überstreichen, i, i to paint over
die Überwachung supervision
überwinden, a, u to conquer
überzeugen to convince; *—d* conclusive
üblich usual, customary
übrig remaining, the rest of; *im —en* for the rest; *—bleiben, ie, ie* to be left (to do); *zu wünschen —-lassen* to leave s.th. to be desired
ulkig amusing
der Umbau, -s, -ten reconstruction; *—en* to reconstruct, renovate
die Umgebung neighborhood; society
um-gehen, i, a to deal, handle
um-graben, ä, u, a to break up (soil)
umher-tappen to grope, fumble around
um-kehren to turn upside down, overturn; *sich —* to turn back, round
um-kippen to tip over
um-kommen, a, o to perish, die
sich um-schauen to look around
umschließen, o, o to enclose
sich um-sehen, ie, a, e to look around
die Umsicht circumspection
der Umstand, -(e)s, ⸚e circumstance, fact; *unter allen Umständen* in any case, at all events
umstellen to surround
der Umsturz, -es, ⸚e downfall, ruin
um-wandeln to transform, convert; *die Umwandlung* transformation
um-ziehen, o, o to move (to new quarters)
unabhängig independent
unanständig indecent
unbeabsichtigt unintentional

unbegreiflich incomprehensible
unbeholfen clumsy, bungling
unbeirrbar imperturbable
unbemerkt unnoticed
unbeschränkt unlimited, uncontrolled
uneigennützig disinterested, magnanimous
unendlich infinite
unentdeckt undiscovered
unermeßlich immense
unermüdlich indefatigable
unerwartet unexpected
der Unflat, -(e)s (no pl.) filth, dirt
ungefährlich harmless
ungehalten indignant
ungeheuer exceedingly; *das —, -s, -* monster
ungemein uncommon
ungenügend insufficient, unsatisfactory
ungerufen gratuitously
ungesund unhealthy
ungewohnt unfamiliar
der Unglaube(-n), -ns disbelief
das Unglück, -s misfortune; *der —sfall* accident, mishap
ungültig invalidated; *für — erklären* to declare null and void
das Unheil, -s harm, trouble; *—bar* incurable
der Unmensch, -en, -en hardhearted wretch, brute
unmittelbar immediate
unmusikalisch musically ungifted
der Unmut, -s displeasure
der Unruhestifter, -s, - trouble-maker
unruhig restless
unschädlich harmless, innocuous
unschuldig innocent
unsichtbar invisible
der Unsinn, -(e)s nonsense; *—ig* nonsensical
unter-bringen, -brachte, -gebracht to house, lodge
der Untergang, -s destruction
unter-gehen, i, a to sink, founder
sich unterhalten, ä, ie, a to converse (with)
die Unterkunft, ⸚e lodging
die Unternehmung enterprise; firm, establishment
unter-ordnen to subordinate
die Unterredung conversation, talk
unterscheiden, ie, ie to distinguish, discern; *das Unterscheidungsvermögen* power of discrimination
unterstellen to subordinate
untersuchen to examine, investigate; *die Untersuchung* investigation; research
unverändert unchanged
unverantwortlich irresponsible; unjustifiable
unverdrossen unflagging
unvoreingenommen impartial, scrupulous
die Unvorsichtigkeit lack of foresight; carelessness
unvorstellbar inconceivable
das Unwetter, -s, - violent storm
unwichtig unimportant
unwirsch brusque, grumpy
unwissend ignorant (of); *der —e(r)* ignoramus
unwürdig unworthy
unzulänglich inaccessible
üppig sumptuous
urteilen to judge, form an opinion

sich verabschieden to take leave of
verachten to disdain
verändern to change; *die Veränderung* change
verantwortlich responsible
die Verantwortung responsibility; *die — abwälzen* to shift the blame
der Verband, -(e)s, ⸚e association
sich verbeugen to bow, to make a bow
verbieten, o, o to forbid
die Verbindung connexion, combination
verbleiben, ie, ie to remain
verblüfft amazed, dumbfounded
verbotenerweise illegally, against the rules
das Verbrechen, -s, - crime
der Verbrecher, -s, - criminal
verbrennen, -brannte, -brannt to burn

verbringen, -brachte, -bracht to spend, pass (time)
der Verdacht suspicion, distrust; — *schöpfen* to become suspicious
verdanken to owe, be indebted to
verderben to ruin
verdienen to earn; to merit
verdoppeln to double
sich verdüstern to grow dark, gloomy
verehren to admire, honor
verenden to perish, die (of animals)
verfahren, ä, u, a to act, proceed
verfänglich captious, tricky
der Verfasser, -s, - author
verfaulen to rot, decay
sich verfinstern to grow dark, gloomy
verflucht accursed
der Verfolger, -s, - pursuer
die Verfügung disposal; *zur — stehen* to be at s.o.'s disposal
vergangen past
vergeblich fruitless; in vain
vergehen, i, a to vanish
der Vergleich, -(e)s, -e comparison; *im — mit* in comparison with; *—en* to compare
das Vergnügen pleasure, delight
verhaften to arrest, take into custody
sich verhalten, ä, ie, a to behave
das Verhältnis, -ses, -se relation
verheerend devastating
verhelfen, i, a, o: einem zu einer Sache — to help s.o. to a th.
verhindern to prevent
das Verhör, -(e)s, -e cross-examination; *—en* to interrogate
die Verirrung aberration
verkennen, -kannte, -kannt to fail to recognize
verklärt transfigured
die Verkleidung disguise, costume
verkochen to boil up
verkommen to go bad; to be ruined
verkrustet incrusted
verladen (dial.), *ä, u, a* to load (goods)
verlangen: es verlangt mich nach I am eager for
der Verlauf course, process (of time); *verlaufen, äu, ie, au* to turn out
verlegen embarrassed
verlernen to unlearn, forget
verletzen to hurt, offend
verleugnen to disavow
verloren lost
der Verlust, -es, -e loss
vermeiden, ie, ie to avoid
vermögen, vermochte, vermocht to be able (to do); to have the power
vermuten to surmise, suspect; *die Vermutung* conjecture
vernehmen, i, a, o to interrogate, hear
sich verneigen to bow, curtsy
vernichten to annihilate; *vernichtet* dejected
die Vernunft reason, intelligence
vernünftig reasonable
veröffentlichen to publish
verpesten to contaminate
verpflichten to oblige, engage; *die Verpflichtung* obligation
der Verrat treason; — *üben* to commit treason; *—en* to betray, disclose
verrecken (vulg.) to kick the bucket
verrückt insane, crazy; *die —heit* mental derangement
versagen to deny, refuse; to fail; *sich eine Sache —* to deprive o.s. of a th.
versaufen (vulg.), *äu, o, o* to drown
verschieden different
sich verschlimmern to deteriorate, get worse
verschlingen, a, u to gulp, devour
verschlossen closed
verschollen missing
sich verschreiben (+ dat.), ie, ie to sell o.s. to s.th.
verschweigen, ie, ie to conceal
verschwinden, a, u to vanish, disappear
versetzen to transfer
versichern to assure; *die Versicherungsgesellschaft* insurance company
versinken, a, u to sink, be swallowed up
versorgen to put away, send to (a

mental institution, etc.); to provide; to take care of
der Verstand understanding, intellect
verstecken to hide
sich verstellen to dissemble, feign
verstorben deceased, late
verstört confused, disconcerted
verstummen to grow dumb; to become silent
der Versuch, -(e)s, -e attempt; *—en* to try
versunken absorbed
verteidigen to defend; to stand up for
verteilen to distribute
der Vertrag, -(e)s, ⸚e contract
das Vertrauen confidence, trust
vertreten, i, a, e to represent; *der Vertreter, -s, -* representative
vertrottelt half-witted
verüben to commit, perpetrate
verursachen to cause
verwahren to put away safely
der Verwaltungsrat, -s board of directors
verwandeln to transform
der Verwandte(r), -n, -n relative
verwechseln to confuse, mix up
verwirklichen to materialize
verwirren to confuse, bewilder; *geistig verwirrt* mentally deranged
verzichten to renounce
verzweifelt despairing, desperate
die Verzweiflung desperation; *zur — treiben* to drive (s.o.) mad
der Vetter, -s, -n (male) cousin
vollbringen, -brachte, -bracht to accomplish, achieve
völlig utterly, completely
vollkommen complete
vollkotzen (vulg.) to vomit all over
vollständig complete
voraussehbar predictable
vorbei along, by, past
die Vorbereitung (pl.) preparations, arrangements
vor-dringen, a, u to press forward, forge ahead
der Vorfall, -(e)s, ⸚e occurrence, event; *vorfallen, ä, ie, a* to come to pass, take place
vor-geben, i, a, e to pretend
vor-gehen, i, a to proceed, act
das Vorhaben, -s, - plan, project
vorhanden: — sein to be, exist; *das Vorhandensein* existence, presence
der Vorhang, -es, ⸚e curtain; *die —-kordel* pullcord (of curtain)
vorher beforehand
vor-kommen, a, o to happen, occur
vorne in front
vor-nehmen, i, a, o to undertake, take in hand
der Vorschlag, -(e)s, ⸚e proposal
vor-setzen to serve (food)
die Vorsichtsmaß-nahme, -regel precautionary measure
vor-spielen to play before, to (a p.)
vor-stellen to present, introduce; *sich —* to imagine, conceive; *die Vorstellung* idea, notion
vor-täuschen to simulate
der Vorteil, -(e)s, -e advantage
vor-tragen, ä, u, a to recite
vorüber over, finished
der Vorwurf, -(e)s, ⸚e reproach, blame
die Vorzeit past ages, days of yore
vor-ziehen, -zog, -gezogen to prefer
vorzüglich excellent

wach-rufen, ie, u to arouse, call forth
wacker heartily, lustily
die Waffe weapon
wählen to choose
wahnsinnig mad, insane
wahren to take care of; *seine Interessen —* to look after one's interests
wahr-nehmen, i, a, o to perceive; to make use of; *die Gelegenheit —* to take the opportunity
der Waisenbub orphan boy
walten to rule, reign
die Ware goods, merchandise
der Wärter, -s, - caretaker, male nurse, attendant
der Weg, -(e)s, -e way, path; *aus dem —e räumen* to remove; *einen — bahnen* to pave the way

wegen because of
weg-kommen, a, o to get away
weg-legen to lay down
weg-schaffen to clear away; *die Weg-schaffung* removal
weg-tragen, ä, u, a to carry away
das Weib, -(e)s, -er woman
weiden to graze
sich weigern to refuse
weinen to weep, cry
die Weise manner, way
weisen (auf), ie, ie to point out
die Weisheit wisdom
weis-machen to make believe (a th.), hoax (a p.)
weitaus by far, much
weiter further
weiterhin furthermore
weiter-kommen, a, o to progress, advance
weitläufig vast
das Weltall universe, cosmos
die Weltanschauung philosophy of life, ideology
weltbekannt world-famous
die Weltherrschaft universal empire
der Weltraum, -s outer space
der Weltruf, -s world-wide reputation
das Weltunternehmen, -s, - world-wide enterprise
sich wenden to turn toward
die Wendung turn; *eine — nehmen* to take a turn
die Werkpolizei company security guards
wert valued, esteemed; *das ist nicht der Rede —* that is not worth speaking of
weshalb why
das Wesen, -s essence
wichtig important, serious
widersprechen, i, a, o to contradict
widmen to dedicate
die Wiederverheiratung remarriage
wieso why? but why?
willen: um . . . — for the sake of
Willkommen: — heißen to welcome
winken to beckon
wirklich actual, real; *die —keit* reality, actual fact
wirksam efficacious
die Wirkung effect
die Wirtschaft inn
der Wirtschaftsführer, -s, - industrial leader, magnate
wirtschaftlich economic
wischen to wipe
die Wissenschaft science; *der —ler* scientist; *—lich* scientific, learned
der Witwer, -s, - widower
der Witz, -es, -e wit
wodurch by which means, how
der Wohlstand wealth, well-being
womöglich perhaps
wozu to what purpose, why
das Wunder, -s, - miracle
der Wunsch, -es, ⸚e wish, desire; *haben Sie noch einen —?* is there anything else I can do for you?
würdig worthy, deserving
die Wüste desert
die Wut rage; *der —anfall* fit of rage
wütend furious

zahlen to pay
der Zahntechniker, -s, - dental technician
zaubern to do magic tricks
der Zeitgenosse, -n, -n contemporary
der Zeitungsberichterstatter, -s, - newspaper correspondent, reporter
der Zentralheizungskörper, -s, - radiator (a central heating system)
zermürben to wear down
zerstören to destroy
das Ziel, -(e)s, -e goal, end; *— Los* aimless, purposeless
ziemlich pretty considerable
die Zigarrenkiste cigar-box
zivil civilian; *in —* in plain clothes
zögern to hesitate
zu-brüllen to bellow at (s.o.)
das Zuchthaus, -es, ⸚er penitentiary
zuerst at first
der Zufall, -(e)s, ⸚e chance

zufällig by chance; *—erweise* by chance
zu-flüstern to whisper
zufrieden pleased, satisfied
der Zug, -(e)s, ⸚e train; trait, feature
zu-geben, i, a, e to admit
zu-greifen, i, i to help o.s. (at table)
zugrunde: — gehen to perish, be ruined
zugunsten for the benefit of
zu-hören to listen to; *der Zuhörer, -s, -* listener; (pl.) audience
zu-kommen, a, o to belong to; to befit
die Zukunft future
zukünftig future (adj.)
zu-langen to help o.s. (at table)
zu-lassen, ä, ie, a to grant, concede, permit
zulieb(e) for the sake of; *einem etwas —e tun* to do a th. to please a p.
zu-nicken to nod (to a p.)
zurück-kehren to return
zurück-schrecken to frighten away, startle; to shrink back (from)
zurück-stecken to put back
sich zurück-ziehen, -zog, -gezogen to retire, withdraw
das Zusammenbrechen collapse
zusammen-gehören to belong together
der Zusammenhang, -s, ⸚e connection; cohesion
die Zusammensetzung combination, compound
zusätzlich additional
der Zuschauer, -s, - spectator
der Zustand, -(e)s, ⸚e condition, state
zuteil: einem — werden to fall to a p.'s share
zuvor-kommen, a, o to anticipate
sich zu-wenden to turn toward
sich zu-winken to beckon to each other
zwangsläufig necessary
zwar indeed
der Zweck, -(e)s, -e aim, end; *zu welchem —(e)?* what for, for what purpose?
der Zweifel, -s, - doubt; *—sohne* doubtless
zwingen, a, u to force, compel